公元787年,唐封疆大吏马总集诸子精华,编著成《意林》一书6卷,流传至今
意林:始于公元787年,距今1200余年

一则故事 改变一生

羽森森 ◎ 著

如影随行

罪与罚之间
人人无处可逃

RuYing
SuiXing

吉林摄影出版社
·长春·

图书在版编目（CIP）数据

如影随形 / 羽森森著. -- 长春：吉林摄影出版社, 2017.11
（悬爱系列）
ISBN 978-7-5498-3401-3

Ⅰ.①如… Ⅱ.①羽… Ⅲ.①推理小说－中国－当代 Ⅳ.① I247.5

中国版本图书馆 CIP 数据核字 (2017) 第 286831 号

如影随行
RU YING SUIXING

著　　者	羽森森
出 版 人	孙洪军
主　　编	顾　平　　杜普洲
责任编辑	施　岚　　胡晓路
总 策 划	蔡　燕
统筹策划	蔡春霞
设计总监	资　源
执行编辑	春　天
特约策划	孙　洛
封面设计	杨　倩
美术编辑	孔凡雷
发行总监	王俊杰
开　　本	700mm×1000mm 1/16
字　　数	200千字
印　　张	14
版　　次	2017年11月第1版
印　　次	2017年11月第1次印刷

出　　版	吉林摄影出版社
发　　行	吉林摄影出版社
地　　址	长春市泰来街1825号
	邮　编：130062
电　　话	总编办　0431-86012616
	发行科　0431-86012602
网　　址	www.jlsycbs.net
经　　销	全国各地新华书店
印　　刷	河北鹏润印刷有限公司

书　号	ISBN 978-7-5498-3401-3	定　价：	32.80 元

版权所有　翻印必究
（如发现印装质量问题，请与承印厂联系退换）

【目录】

序言 01

谁的恋人 001

被诅咒的宿舍 031

罗城门 085

丘比特之箭 129

序言

记得朋友给我推荐一部日剧《胜者即是正义》，显然这不是歌颂正义的片子，主角三观不正，是个为了金钱能做任何事情的律师。他为人刻薄、功利、拜金，不管委托人的行为在一般人看起来多么伤天害理，只要钱给得多，他就一定能帮委托人胜诉。

可就是这么一部"三观不正"的片子赢得了一致好评，在看过《胜者即是正义》后，我再也不想看别的律政剧了。

这部剧虽然和侦探扯不上半点儿关系，但就是这部剧打开了我新世界的大门，我那时才知道原来主角是不用三观正常、乐观开朗、乐于助人、舍己为人的，主角也是个正常人，也能自私、拜金，拥有一切的黑暗面。于是史内克的形象便在我心中诞生了。

一开始写这些案子是因为好玩，因为我想知道推理小说里的主角侦探打破常规后会有怎样的效果，谁知这么一个视金钱如命的高智商律师竟赢得了不少读者的好感。在写完第一个案件后，我决定把它写成一个系列。

写完第二个案子后，我的心情已不仅仅停留在"好玩"这个层面上了。

因为虽然所有案子都是生活中灵光一现的产物，但是小说总包含着私人感情。我不想让这些案子仅仅停留在诡谲的手法这一层次上，我想每一个作案动机都包含着人性最黑暗的一面。

想起小时候看的《名侦探柯南》，每当柯南说出"凶手就是你"之后，凶手总会跪到地上，声泪俱下地指控死者所有的恶劣行径，告诉所有人死者罪有应得，仿佛所有人的不幸都是死者造成的，自己杀他不过是舍生取义。可是即便罪有应得也不应该是杀人的理由，而且在现实生活的杀人案中，错得最多的往往都是凶手。

而社会上一旦弱者杀人，总有人为他申诉，说他犯了错完全是社会的错，应该饶恕他。

可这怎么可能呢？一个人杀人有千千万万种因素，为什么要把所有的罪过都推给社会？

犹记得有一个连环杀人案的凶手，被警察带到现场指认证物，他的脸上还带着扬扬得意的笑容。那表情就好似在嘲讽警察，这几十年中如果不是科技日新月异，他大概一辈子都不会被抓到。

这让我想起前一阵子看的一部名为《异常犯罪搜查官》的日剧（未成年人请在家长陪同下观看），里面所有案件的凶手都有扭曲的内心，可以称之为变态。而其中有一个凶手甚至还说，在杀人的过程中他能享受支配的乐趣。

也许现实罪案的凶手也会有这样的心理，他们只顾享受乐趣，而忘了这会给旁人带来怎样的伤害。

我想写的就是这一类凶手，犯了错而不自知，依然觉得全世界都欠他的。因为我不想给杀人犯冠以高义之帽。

也许这本小说的案件会有某些真实案件的影子，但是小说里所有的人名、地名和情节都是我虚构出来的，如有雷同，纯属巧合。

从第一个案子到本书第四个案子的完结，我写了一年多的时间。在这一年里我痛苦而又快乐。这一年里我看了不少日剧，也慢慢在接受《神探夏洛克》的熏陶，在这里不得不感叹一句，此作当真名不虚传，尤其是当看见福尔摩斯对华生说"我没有朋友,身边只有你"的时候,我脸都红了。

说到这里,要给喜欢推理的各位推荐一档推理综艺节目——《明星大侦探》。这个综艺节目实在是太好看了,三观非常正,而且嘉宾智商全体在线,已被参与的常驻明星圈粉。托这个节目的福,我的"男朋友"换了一个又一个,经常在粉何炅还是粉白敬亭之间摇摆不定。

我不是专业的刑侦人员,案件也全部是我虚构出来的,所谓谎言总有漏洞。每个案件都不是完美的,希望读者们能对其中的缺憾多多包容。

我也希望史内克律师能陪大家一起走下去,万分期待下一次和各位见面的机会。

羽森森

2017 年 5 月 1 日

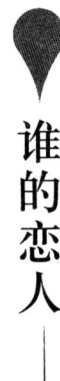

谁的恋人

真是可恶,竟把这个女人杀死了。

这个女人害得我犯了杀人罪。

可是她背叛了我,这有什么办法?背叛的人都应该去死。

她是我的恋人,应该全部属于我。

把她杀了,这样她就再也无法背叛我了吧。

"嗯,是的,今天本来约好一起吃晚餐,但是我等了两个小时她都没有出现,打电话也不接,因为担心,所以跑去她家看看。谁知道一打开门……"

男人的脸色瞬时苍白,嘴唇也哆嗦得说不下去。

傅真一脸同情地做着笔记,然后收起笔从沙发上起身:"打扰了。"

他虽然不是新上任的菜鸟警官,但是接到报案后到达现场还是被吓了一跳。

案发现场是栋别墅,别墅门口有点点血迹。当时他随意推开了没有上锁的门,一股血腥味扑鼻而来,他身后有两名实习警察直接背过身子干哕起来。傅真强忍着嗅觉的不适进入屋中,看见女人的尸体赤裸地躺在浴缸里,血已把浴缸里的水染红。

"太变态了!"

报案人戴森闲是死者的男友,虽然只与死者交往了一个月,但已经有了死者家里的备用钥匙。报完案后他就逃回了自己家中,把自己关在家里好几个小时，傅真在防盗门外劝得口干舌燥他才打开了门。

立案第一天的调查一无所获，现场采集到的指纹还要进行鉴定对比。而戴森闲显然被吓得不轻，说话都有些语无伦次。

傅真见问不出什么来了，便提出了"告辞"，而后他抬手看了眼表。

他的身边还跟着一名新来的女警察，是上司派给他带的徒弟。此时这名女警察已经看出他没有了一丝一毫的干劲儿，脸上堆起了不满："前辈不打算等鉴定科的报告了吗？案件到现在还是一无所获啊。"

其实说一无所获有些夸张，至少还收获了戴森闲这个第一目击者和嫌疑犯。

不过傅真想今天就到此为止好了。

"邱灵啊，"他露出一个慈祥的笑容，"今天是我家小狗的忌日，我想回去为它哭一哭，你如果愿意的话就留下来等鉴定科的报告好了。现在已经到下班时间了，回家也没关系。"

"可是上个礼拜你刚给它过完生日。"

"啊，这种事情无所谓啦。不过以后在这种事情上呢，你的记性就不要这么好了。"

傅真心不在焉地说完这些话后就发动了他的车，不过没有回家。

目标建筑的灯熄了，傅真在车里看见一个穿着西装的男人从里面走了出来，他按了按喇叭。男人抬头看向他的汽车，眉头不耐烦地皱了皱，似乎还"啧"了一声，但还是拉开车门，轻车熟路地坐上了副驾驶座。

傅真递给他一支烟："今天收工挺早啊，史大律师。"

男人烦躁地扯了扯领带，顺便把傅真的手挡了回去："说过多少遍了，我不抽烟，在我面前也禁止抽烟。"

傅真耸了耸肩，把烟叼到嘴里，在掏出打火机的刹那，他收到了男人冷厉的眼神，干笑两声把烟放回了烟盒："晚上吃什么？"

"餐厅的档次取决于案子的难度。"男人把金丝边眼镜取下来放到眼镜盒里,"看你现在的表情,还是去意大利顶级餐厅吧。"

"喂,太过分了吧,在你眼里我找你就只是为了案子吗?"傅真抗议,"我有那么无情吗?"

"难道不是吗?"

似乎是反问得太理直气壮,傅真一时不知该如何反击,只能默默开车。

可是男人并没有打算就此放过他,开始数落起他从前的所作所为:"我生日那天恰好你值班,所以我就一个人去了酒吧,结果你半夜冲过来把我拖去了案发现场,丝毫不管我当时正在和美女搭讪。情人节那天我请新认识的美女吃法国大餐,结果你二话不说就把尸体的照片扔到了我们的桌上。还有一次,我正在试图和前任和平分手,结果你又带着凶器冲了过来……哦,那次多亏你冲了过来,我被你拖走的时候那女人已经把花瓶举起来了。"

他说完微微侧头,平静地看着傅真:"我不明白我一个律师为什么要帮警察查案。你们和检察院是一伙的,擅长刑事案件的我应当和你们是对头。万一哪天我的辩护人就是被我送进看守所的该怎么办?"

"……那样的案子你会接吗?"

"看辩护人开的价钱了。"

"做人能不能有点儿底线?"

"万一我推理错了怎么办?虽然那种可能微乎其微。"

傅真沉默了两秒,终于妥协:"好吧,是发生了一起命案。"

男人脸上露出了"果然如此"的表情。

"不过能不能解我还不知道呢,这才第一天。"

"哦,是吗?"男人冷笑,"乐观真好啊。"

"喂,喂,你对我说话不要总是冷嘲热讽的。"傅真郁闷地喝了口果汁。其实到达餐厅后他本来想喝酒的,但男人看穿了他的意图后,面无表情地说"我是不会帮你开车的"，这使傅真打消了这个念头。

虽然有人已经提出这样的意见了，但男人依然不打算悔改："如果你是美女的话我大概不会这样，可是性别这种东西是天生的啊。"

傅真彻底败下阵来。

这个男人叫史内克，是傅真的初中同学，两个人至今还能保持如此亲密的友谊大概全凭傅真的大度。两个人刚认识的时候，傅真对史内克开玩笑说："你这个名字好奇怪哦，你父母给你取名的时候是不是特别喜欢怪物史莱克？"显然史内克的名字已经被嘲笑过太多遍，因此他面不改色地发起反击："我的名字可以改，可倒是你'傅'这个姓氏，以后要是撞了狗屎运当了什么局长，那别人喊你还得是'副局'。当然这种可能微乎其微。"

傅真当时被最后一句话气炸了，但几个小时后就把此事忘得一干二净，又找史内克搭讪去了。

此时傅真也觉得在说话态度这个问题上多说无益，便把案子的情况告诉了史内克。

史内克若有所思地夹起一个三文鱼寿司。

"你已经发现什么了吗？"

"不好说，只是猜想而已，没什么证据。"说话的时候史内克一直盯着桌上的食物，"把猜想当成结论说出来是很不严谨的行为，会给你造成思维定式，让思维进入死胡同，对思考造成困扰。这是门外汉才会做的事，你怎么到现在还不能明白这个道理？"

傅真只能苦笑，他这个好友的思考方式已经到了让他苦恼的地步。

"不过把警察的机密就这么告诉外人真的好吗？"史内克又问道。

"遇到疑案就去问问小木屋律师事务所的史大律师，局长已经对这种做法睁一只眼闭一只眼了。反正你也不会把案情告诉别人。"

"那这顿饭就当作封口费了。"饭饱之后史内克满意地擦了擦嘴，"走吧，

但愿你们的调查会有结果,别把我的律师事务所当成侦探事务所了。"

死者别墅里的贵重物品都还在,警方排除了入室抢劫的可能。

接下来就要看看除了戴森闲外有没有别的嫌疑犯了。

傅真带着邱灵来到死者的工作场所,那里是个珠宝商场。

老板亲自接待了他们。

老板是个三十五岁左右的男人,头发特意上了摩丝,脸上挂着微笑,看起来和蔼可亲,但又有些臭美,因为傅真闻到了他身上飘出的古龙水的味道。

"安薇薇人特别好,又漂亮,店里的很多男顾客就是冲着她来的。"老板叹了口气,"她还经常给同事买饮料,要说仇家我还真不知道。"

他口中的"安薇薇"就是死者了。只是他刚才那声哀叹不像是在叹安薇薇这个人,而是在伤感店里少了只招财猫。

"您认识这个人吗?"傅真把戴森闲的照片推了出去。

老板拿起照片,不假思索地说:"这就是安薇薇最疯狂的一个追求者。"

邱灵本在做笔录,听到这句话霍地抬头,问题脱口而出:"他不是死者的男朋友吗?"

"不是。"老板否认得斩钉截铁,"他最初本来是陪女朋友选珠宝的,但看到安薇薇后立马把他的女朋友甩了,疯狂地追求她。这一段太出人意料了,几乎所有员工都知道。"

傅真和邱灵交换了个眼神,迅速收起笔记本,往戴森闲家里奔去。

傅真和邱灵说明来意之后,戴森闲的眼中更惊恐了。

"不……不是的。"他的双手微微发颤,"薇薇没有告诉别人我们已经交往了吗?"

"她有男朋友,但不是你。"邱灵飞速呛声,傅真完全来不及阻止。

戴森闲抬起头来，握成拳的双手已经不再颤抖了，只是眼中的惶恐被愤怒和悲伤替代："不可能！她除了我之外怎么还会有别的男朋友？"

傅真无奈地看了邱灵一眼，场面似乎有些失控。他拿起水杯，正低头思索该如何稳定戴森闲的情绪，邱灵再一次一脸认真地提问："你真的不是插足他们的第三者吗？"

一口水从傅真的嘴里喷到了茶几上。他连连道歉，都不想去看戴森闲的表情，慌忙拿起抹布来擦茶几。在他手忙脚乱之时，瞥到了放在茶几纸盒里的一张照片，照片上是戴森闲和安薇薇的合影。照片上安薇薇穿着白色短袖汗衫和牛仔热裤，站在戴森闲的身边，手挽着他的胳膊，十分亲密。

"感情真好啊。"傅真拿着照片感慨。

果然，戴森闲在听到这句话后情绪立马平静，从傅真手里接过照片，留恋地抚摸着安薇薇的脸："是啊，她那么可爱。"

哀伤涌入他的双眼，他忽然用双手捂住眼睛哭了起来。

"一定要找到凶手……求你们。"他说话断断续续的，想要忍住眼泪，但还是失败了。

傅真觉得也许问不出什么线索了，只好起身："这是我们的工作，如果你想起了什么线索请务必联系我们。"

戴森闲仍是埋着头，肩膀一耸一耸的。傅真叹了口气，想要出门时忽然想起了什么，回过身拿起那张合影："这张照片能借我用一下吗？"

"这是珍贵的回忆。"戴森闲埋头回答，声音闷闷的。

"那就没办法了。"傅真把照片放到了茶几上，随后把羽绒大衣披到了身上。

邱灵迟疑了一会儿，然后掏出手机对着照片拍了两张照，拍完之后小跑着追了出去，一路还嘀咕："真是的，前辈笨死了。"

"还是可疑。"回去的路上邱灵皱眉在傅真耳边念叨，"明明老板说戴森闲是死者的疯狂追求者。比起这个胆小鬼，店长的话可信多了。"

"胆小鬼?"

"看见我们就发抖欸,看见女朋友的尸体拔腿就跑,之后就知道哭,不仅是胆小鬼,还很柔弱。"邱灵不满得鼻子都皱了起来。但是傅真在前面似乎丝毫不在意她的感受,两个人之间的距离越来越大,邱灵不得不小跑才能缩短距离,因此她又抱怨起来:"前辈你走这么快,一点儿都不绅士。"

"啊!抱歉,我正在想事情,不知不觉就走快了。"

"想什么啊?"

"死者的另一个男朋友在哪里呢?"傅真拉着车门若有所思,"案件已经见报,死者的父母也来认领尸体了,可是大家熟知的那个男朋友至今没有出现,这是为什么?"

邱灵瞪大了双眼。

"另一个男朋友到底在哪里啊?"傅真一边自言自语一边走向那家珠宝商场。

刚到珠宝商场门口,傅真便看见一个熟悉的身影。

那人西装革履,鼻梁上架着一副金丝边眼镜,此时正靠在柜台上跟售货小姐聊天。他的脸上是傅真从未见过的彬彬有礼的笑容。

看见傅真突然停在门口,邱灵有些疑惑:"前辈你怎么了?"

"看见一个熟人,我突然丧失了进店的勇气。"

傅真万分不想在新人面前被史内克冷嘲热讽。

偏偏在这时,正和售货员谈笑风生的史内克侧过了头,目光扫过门口时眼神凝滞了一下,他的目光又移了回来,恰好对上了傅真的目光,继而他的嘴角戏谑地勾了勾。然而两人的目光只交汇了一秒,史内克又回过头去和年轻的售货员继续聊天,神色一如刚才那般文质彬彬,好像对傅真露出的戏谑笑容只是因为傅真太过紧张而看错了而已。

本在提心吊胆的傅真松了口气。

"什么啊，前辈竟然这么胆小，他是你的债主吗？"对这一切还一无所知的邱灵极为恳切地看着傅真，语气中又有几分担忧，"借高利贷是不行的哦。"

"什么……什么高利贷？"即便傅真早已见惯大风大浪，但此时依然被邱灵跳跃的思维所折服。

"没想到你竟在属下面前这么诋毁我，我可以告你诽谤。"

冷酷无情的声音从耳边传来。傅真抬头，史内克不知何时已站在眼前了。

傅真苦笑："我可什么都没说，全怪她想象力太丰富了。"

"是吗？竟当着自己女人的面把责任全推给她，小心下一分钟你就变成她的前任。"

"前几分钟你还说她是我的下属，怎么这会儿就变成我的女人了？"

"我才不是笨蛋前辈的女人。"

傅真和邱灵的声音同时响起。

史内克低头思考了一会儿，自说自话，向傅真的车走去："走吧，去喝咖啡。"

傅真看了眼邱灵，有些犹豫："可现在是工作时间啊。"

"不愿意就算了。"

深知史内克脾性的傅真知道，如果自己继续拒绝他，那下一次遇到疑难案件，大概自己只有跪在事务所门口才能把他请出来了。于是他转头对邱灵说："邱灵啊，我家狗要生小狗了，我得回去帮它接生。"

"……前辈你下次说谎前先过过脑子。"

史内克冷笑："带上她吧，我可没兴趣请你一个人喝咖啡。"

"不行。"邱灵拒绝得斩钉截铁，"我和前辈可不像你这个无业游民一样闲，我们可还要……"

在事态向更严重的方向发展之前，傅真及时捂住了她的嘴，然后装作没有看到史内克锐利的目光，如同绑架犯般把邱灵塞到了车里。

　　好不容易说清了史内克的身份，傅真就被邱灵以"前辈怎么能随随便便把机密告诉外人"为由喋喋不休地教育了一路。傅真只能苦笑着开车，副驾驶座上的史内克看起来倒是十分愉悦，完全忘了邱灵刚刚还说他是无业游民。

　　"你这属下挺有意思的。"在邱灵说累的时候，史内克不失时机地插了一句。

　　傅真只能认栽。

　　到了店里，邱灵的气还没全消，只噘着嘴不满地瞪着傅真。

　　傅真佯装没有看见，干笑一声问史内克："你去那家珠宝商场干什么？"

　　"买订婚戒指。"

　　傅真不可思议地看着他："别逗我了。"

　　"就是在逗你。"史内克的表情再一次戏谑起来，"我不认为这个案子你能顺利破解，所以就去打听了死者正牌男朋友的信息。"

　　并没有打算理会史内克的前半句话，傅真听到最后半句时立马坐直了身子，邱灵的目光也一下子从傅真身上转移到了史内克的脸上。

　　"死者的男友邓一和死者交往四年了，他们说好差不多后年结婚，不过这些还没有告诉家里人。而戴森闲是一个多月前才出现的，与前女友分手后就一直对死者死缠烂打，死者还向大家抱怨过自己被他跟踪。邓一供职于一家外企，是个小会计，死者的父母一个是教师，一个是私企的小职员。虽然这些都是那个店员提供的信息，但也不是没有参考价值。怎么样？凭你简单的大脑能想到什么吗？"

　　这句话当然是对傅真说的，但接嘴的却是邱灵："果然戴森闲说自己是她的男朋友是假的。"

　　史内克瞥了她一眼："死者的别墅是从哪里来的？"

　　凭安薇薇和邓一的财力，恐怕没有能力支付一栋带着花园的别墅。

　　而戴森闲也不像是这种土豪。

　　邱灵再一次瞪大了双眼。

"难道还有第三个男人？"

"聪明。"史内克朝她笑笑，"还有一种很大的可能，这房子不是死者的。"

"那是谁的？"邱灵继续问。

"这就要靠你们公安系统了。"

邱灵连连点头，把这些全都记到了笔记本上。

史内克扶了扶金丝边眼镜，从西装口袋里掏出一张名片递给邱灵，注视着她的双眼对她说："有什么问题可以打电话找我，随时效劳。"

傅真看了眼史内克，又看了眼邱灵，郁闷地问："那我呢？"

史内克不耐烦地"啧"了一声："你不是知道我事务所的地址吗？下次来之前先打电话跟我助理预约。不过你如果带着这位小姐，我可以考虑无预约立马接待你。"

邱灵接过名片，低头咬唇抿嘴。

傅真瞥她的时候看见她的嘴角都翘起来了。

"对了，我觉得这个很适合你。"史内克又从西装口袋里拿出一枚碧玺戒指，拉过邱灵的右手就要帮她戴上，但他想了想，又抬头问她，"哪根手指？"

"食……食指。"邱灵的脸有点儿红。

史内克神秘莫测地笑了笑，为她戴上戒指后起身告辞。

几分钟后傅真收到了史内克的微信："那枚戒指是我为了从店员那里打听消息买的，给我报销。"

紧接着他又发了张发票的照片。

见傅真盯着屏幕久久不动，邱灵凑了过来："前辈，谁的消息啊？你看得这么认真！"

"一个敲诈犯的。"傅真绿着脸把手机塞回了口袋，又看了眼邱灵食指上的戒指，"你刚才把自己是单身的消息暴露给他了吧？"

邱灵莫名其妙地看着他。

"你要完。"傅真幽怨地叹了口气,又觉得事已至此,担心也没什么用处,只好强打精神,"走吧,回局里查查那栋别墅的信息。顺便再把那个正牌男朋友挖出来。"

别墅是店长名下的。

傅真再去珠宝商场拜访时店长恰好不在。这倒是合了他的意。因为假如店长一如往常在店里,要打听他和死者的八卦不是什么容易的事。

然而事实证明他还是太天真了。

当他去和店员打听店长和安薇薇的关系时,店员只用警惕的目光看着他:"我们老板对每个人都很好。"

虽然这句话听上去怪怪的,但还是不能当线索啊。

傅真惆怅地抬头,放眼望去,所有店员都是美女。就在他想要放弃的时候,余光瞥到有个店员正直勾勾地看着自己,欲言又止。他走了过去。店员从两个谈笑风生的同事身边走开,给他递上名片,脸上维持着职业性的微笑:"有想要的珠宝请和我联系。"

傅真收下名片放入钱夹:"几点下班?"

"晚上九点。"店员小心地看向她同事的方向,确认她们没有注意到自己后,又做贼心虚地压低了声音,"没有要买的东西的话就请回吧,这里每个人都很忙。"

傅真考虑再三,还是带上了史内克。虽然很不乐意在外人面前被随意嘲讽,但瞒着好友去调查案子的话后果似乎比这更严重。

史内克在约好的咖啡厅坐下,见傅真只点了三杯饮料,顺口问他:"你那个小妹妹手下呢?"

"我让她调查邓一的行踪去了。"

"啧,放任一个新手自由活动,也不怕把事情搞砸。"

"如果我猜得没错,你好像对她感兴趣?"

史内克抬起眼皮,透过眼镜片直直盯着傅真,双眼弯出戏谑的弧度:"怎么,你吃醋?"

傅真一时语塞,好在那店员及时赶到,打破了两人的尴尬场面。

史内克又"啧"了一声,无聊地耸耸肩,低头研究起自己的饮料。傅真苦笑,正要开口,却看见店员看向史内克时警惕的眼神。他只得向她介绍:"这是我朋友,他是……"

"我是大学讲师。"史内克适时打断了傅真。

店员有些迟疑:"你是不是在追求……"

她指的应当是昨天史内克在店里与另一名店员谈笑风生之事。

"贵店人际关系如此复杂吗?"

"她和安薇薇关系不错。"店员有些迟疑,"她说昨晚你们聊了些暧昧的话题。"

傅真猛然转头看向史内克,而这个当事人却是一脸不以为意:"找她买枚送人的戒指而已,顺便聊聊天,你说就是了,我不是大喇叭。"

店员还是有些犹豫。

傅真斜了他一眼,硬着头皮解释:"其实他现在追求的人是我的同事。"

说完他又小心翼翼地看向史内克,出乎意料的,史内克居然没有瞪他。

店员显然万分相信傅真,见他这么说便点了点头开始叙述:"其实老板和安薇薇在一起挺久的了。安薇薇喜欢名包名衣和宝石,我们的工资根本不够她挥霍。后来她就勾搭上了老板。这事在店里几乎人人都知道,她也不避讳,有点儿把自己当成老板娘的意思。"

傅真有些惊讶:"你们老板还没结婚?"

"哪个老板不包养情妇啊,天哪,你是生活在童话中吗?"店员难以置信

地看着他。

史内克忍不住低低笑了一声。

傅真尴尬地清了清嗓子:"那你觉得店长有动机吗?"

店员想了想,然后摇头:"不觉得他们之间有什么深仇大恨。店长虽然知道安薇薇有男朋友,可他们之间是包养与被包养的关系,不存在情杀这种可能吧。"

"是吗?"傅真低头记下这些,"不要小看男人的占有欲。"

史内克停止了喝咖啡,突然抬起头来:"别人都对这件事三缄其口,为什么你要冒着被老板知道后炒鱿鱼的风险告诉他呢?"

店员的眼睛闪烁了一下。

"不要试图撒谎。"史内克直直盯住她的双眼,"我很敏锐的。"

店员扭过头去,声音渐渐低了下来:"因为戴森闲甩掉的前任是我朋友。"

傅真做笔记的动作顿时僵住,史内克看上去也有些意外。

"明明有男朋友了却还要勾引别人的恋人。"店员义愤填膺地皱眉。

"勾引?"傅真有些坐不住了。

店员低下头,这些话艰难地从她嘴里挤出:"有一天下班,我看见戴森闲扶着安薇薇从酒吧里出来,那时他和我朋友还没有分手呢。"

史内克微微眯起双眼,幸灾乐祸地看着傅真:"越来越有趣了。"

"有趣你个头啊!"果然如他所料,傅真痛苦地抱起了头。

车里的气氛沉重得诡异。

实际上只有傅真一个人是沉重的,史内克纯粹懒得说话而已。

"说说你的看法啊。"傅真垂头丧气,"为什么他们的人物关系这么错综复杂?"

"这么业余的话不应该从你的嘴里说出来,难道你以前就没有办过更复杂的案件吗?还是你每次遇到需要动脑子的事就扔给我,导致你的脑子已经退化了？我觉得是后者。"史内克没给傅真接话的机会，把眼镜拿了下来放入眼镜盒，"你没把死亡时间和嫌疑犯的不在场证明告诉我，却叫我说看法，我觉得还是大脑退化的可能性比较大。"

"好了好了，服了你了。"傅真完全没脾气地把资料袋递给史内克，"案件机密。"

史内克根本懒得配合他那副神秘兮兮的表情，三下五除二打开了资料袋。

法医给出的死亡时间是10月15日下午三点到五点，当时戴森闲正在上班，中途没有出过公司，他的下班时间是五点半。

"店长的不在场证明呢？"

"一开始并没有把他列入嫌疑犯列表……"

"邓一呢？"

"从10月16日起就失踪了，至今没有去上过班，电话也打不通。"

史内克盯着他："也就是说从案发到现在邓一都没有出现过，而你直到今天早上才想起来派人去找他。"

傅真沉默一秒，挣扎了一下："我昨晚就想到了。"

"我建议你直接去做个换脑手术。"

说完史内克就推门下车了。

"喂，你去哪里？"傅真莫名看着即将走掉的史内克，前面的红灯只有倒数九秒了，"离你家还远着呢，难道你打算走回去？"

"打车回家，我怕智商会传染。"

第二天，傅真想要去问邱灵昨天的战果，发现邱灵并不在座位上。

他想起昨天半夜就想打电话过去问问情况，结果没人接，他觉得或许她已经睡着了。但是今天还睡过头的话就有点儿过分。为表对下属的关心，傅真又打了她的手机，然而依然没有人接。他有些烦躁，继而又打了邱灵的座机，依

然无人接听。

"新人就这么懒散啊。"

他嘟哝了一声,独自前往安薇薇就职的珠宝商场。

刚要走入商场,余光却被垃圾桶旁边的一个东西闪了一下。傅真有些好奇地停住脚步,往那个方向望去,竟看到一枚碧玺戒指。

本想就此收回目光,但突然觉得这戒指似乎有些眼熟。他不由得又多看了一眼,心里突然一紧。于是他往前走了几步,戴上手套把戒指捡起来,蓝色碧玺的切面折射着阳光,耀眼得让他的呼吸有些沉重。

他认出来了,这是史内克送给邱灵的戒指。

戒面上竟还有一丝暗红色血迹。

于是他又掏出手机,手颤了几颤,深呼吸一下,勉强稳定了手指,再一次拨打了邱灵的手机,手机铃声从垃圾桶里传来。

他一脚踢翻垃圾桶,邱灵的手机从里面滚了出来。

警方封锁了这家商场,老板直接被带回公安局。如此大规模的行动自然也引来了记者。摄像机、照相机、采访话筒把商场门口围得水泄不通,还有记者挡住了傅真的去路。

"请问案件有眉目了吗?"

"店长真的是凶手吗?他与死者之间有什么不可告人的秘密吗?"

"听说一名警察在调查过程中失踪了,是真的吗?"

"凶手为什么要袭击那名警察呢?"

记者提问的声音一波未平一波又起,吵得傅真脑仁疼,闪光灯又此起彼伏,就算他脾气再好也忍不住想把这群人全部扔出去。但他还是克制住了冲动,说着"无可奉告",就把记者推开上了警车。

假如他真的动手的话,第二天报纸的头条恐怕就是"警察殴打记者"了。

不，也许那帮记者会添油加醋把标题写得更过分。

傅真怀着这种想法愤愤不平地走进了审讯室。

由于邱灵的失踪，上头临时给他安排了搭档。其实到目前为止还没有证据证明邱灵失踪和这起命案有关，但傅真执意表明店长也是命案的嫌疑犯之一，局里这才让他去对店长执行审讯。

店长一脸不知所措，他看起来完全不明白为何自己一早来上班还未来得及喝茶就被警察不由分说押上了警车。

而眼前这个警察在前些天看起来还和蔼可亲，今天就如此凶神恶煞。

"昨天下午你去了哪里？"

店长不敢直视他的眼睛，盯着自己的双手吞吞吐吐："去和客户谈生意了。"

"晚上呢？"

"陪客户喝酒。"

"哪个客户？"

店长把客户的姓名和联系方式给了他，又说了喝酒所在的酒店名称。

"听说你包养了安薇薇？"

"我没……"

傅真不耐烦地皱了下眉头，打断了他的反驳继续提问："10月15日下午三点到五点你在哪里？"

"我……"店长拼命回想着当时在做的事，但脸色无比为难。

傅真正要发脾气，审讯室的门被人敲开，一名警察带着些许歉意示意傅真出去。傅真回头瞪了店长一眼，继而跟着那名警察出去了。

"我们看了邱灵失踪当天这条街的全部监控，发现晚上十点她确实到过这里。"

警察把监控快进到这个时间点，指着屏幕给傅真看。

影像中邱灵在珠宝商场外站定，四处张望间时不时看一眼手机。五分钟后，一名戴着鸭舌帽和口罩的男子出现在她身后，待邱灵做出反应之前便用手帕捂

住了她的口鼻。

邱灵趁着还有意识，用戒指划破了男人的胳膊，用最后一丝力气褪下戒指往角落里扔去。而后邱灵没了动静。男人显然有些在意那枚戒指，从邱灵手中拿过手机后往那个垃圾桶走去。他一边俯身找戒指一边摆弄邱灵的手机。忽然间手机屏幕转换到了来电显示，男人似乎被吓了一跳，手一抖就把手机扔入了垃圾桶。当他想继续找戒指时，却又慌慌张张地站了起来，把倒在路边的邱灵拖入旁边的草丛里。

两分钟后监控中出现一对前来散步的情侣。

待情侣走后，一辆车从旁边开了出来，一路开出监控区。

"停！"

随着傅真的指示，镜头在放大的车牌上定格。

"谁的车？"

警察翻出笔记回答："邓一的。"

从 10 月 16 日到现在一直消失的邓一竟开着车出现在了这里。

"调查这辆车的行踪，那边继续审讯店长，有情况立即汇报。"傅真说完便披上大衣往外冲了出去。

警员一时没反应过来，对着傅真的背影大喊："傅队，你去哪儿？"

"去邓一住所。"

然而才出警局，傅真就看见外面停了辆车，看上去有些眼熟。车窗摇了下来，一副金丝边眼镜从里面露出。史内克把手架上车窗，探出身子看向傅真："上车。"

傅真什么也没问便乖乖上车系好安全带。

发动汽车前，史内克把一份午报扔到了傅真身上，报纸社会版的头条赫然写着：震惊！女警察查案途中被歹徒袭击，下落不明。

报道中的一张照片上清晰地印着傅真烦躁又六神无主的脸。

"啊，现在已经确定了，昨晚十点邱灵确实被歹徒袭击并掳走。"傅真叹了口气，把目光移向窗外，"你说她有没有可能……"

傅真派了另一名警员去调查邓一，自己陪史内克去了案发现场。

"我在事务所看到了今早的新闻直播。"史内克戴上傅真递给他的手套，"有一个记者的提问很不错，歹徒袭击邱灵的动机是什么？"

"我派她去调查邓一的行踪。"

"可根据你对监控的描述，邱灵很明显是在等人。"史内克站在墙前若有所思，"并且歹徒知道她会在这里等人。等的是什么人呢？知道情报的线人？比起袭击警察，恐怕袭击线人更保险一点儿吧。歹徒知道邱灵与那人碰头的时间与地点，在半路伏击线人岂不是更好？所以恐怕，邱灵在等的就是歹徒本人。"

史内克紧接着走入浴室，浴缸的水已被放干净，但血迹还残留在浴缸上。

"邱灵对歹徒的邀约毫无戒心，说明约她的不是她所调查的对象。歹徒去找戒指之前为什么非拿走她的手机不可？似乎比起留着他的血迹的戒指，手机更能引起他的注意？为什么呢？如果查出戒指上残留的血迹与他完全吻合，他是不是大可一口咬定自己只是想劫个色，与命案毫无关系？你也无法证明他把邱灵拖走后，在邓一车里的人就是他吧？所以真正对他有威胁的，一定是邱灵的那部手机。"

史内克又回到了客厅，凝视着门口的衣架。

"明明一刀毙命，为什么还要把尸体拖入浴缸呢？"

就在史内克自言自语的时候，傅真的手机响了起来。

"邱灵被人救了？太好了？什么，还在抢救中？哪个医院？好好好，我马上来。"

他放下电话，转头对史内克说："邱灵连人带车被人扔到了郊区的河里，幸好有对情侣路过报警把泡了一半的车捞了上来。但由于她的证件全部丢失，那片区的警察都没能查到她的身份，幸好我手下顺着邓一车的行踪一路查到了

那里。"

"半夜跑去郊外的小情侣啊。"史内克露出暧昧的笑容,"去干吗呢?"

"喂,你能不能抓下重点?"

史内克没理他,径自拉开了别墅里的冰箱,冷藏柜里还整整齐齐地放着蔬菜与牛奶,但冷冻柜却被翻得乱七八糟。

他想了想,对傅真说:"我知道了,你去医院吧,我想在这周围逛逛。"

入夜,史内克坐在车里看报纸,晚报生活版上的大标题写着:女警察获救,歹徒袭警为哪般?

再往下看,这篇新闻写道,女警察获救,然而仍在昏迷中。

史内克"啧"了一声,关了车内的灯,透过车窗看向医院。

邱灵病房的门开了,一个人蹑手蹑脚地走入,手中刀刃泛着森寒的光。

他还没有靠近下手,床上躺着的人先行跳了起来,一脚踢中他的手腕。刀"哐当"落地。持刀者迅速拉开房门想要逃走,但冰凉的枪口已然抵在了他的头上。

病房的灯亮了,袭击者下意识地后退一步,低头用胳膊挡住了自己的脸。

穿着病服的傅真向持枪者邀功:"喂,我的身手不错吧?"

"演技太浮夸。他离你还那么远你就跳起来,当时不是说好等他靠近你再反扭他胳膊制伏他的吗?"史内克把枪扔还给他,小心翼翼地用手帕捡起袭击者被踢落的刀,"只放出条新闻就狗急跳墙了,看来邱小姐知道的东西不少啊。"

傅真掰落袭击者的胳膊,灯光下露出戴森闲的脸。

但是从戴森闲的表现来看,仿佛是他受到了惊吓,现在在傅真的控制下瑟瑟发抖:"对……对不起,我只是觉得邱小姐太美了,一时没忍住冲动。"

"哦?"史内克扬眉,举起用手帕包好的刀问他,"那这是什么?"

"防……防身用的。"戴森闲把头埋了下去。

史内克将刀放入证物袋里,扶了扶眼镜:"傅真,他的演技可比你好多了。"

下午史内克去了趟安薇薇别墅附近的超市，生鲜柜里摆着满满的生鱼片。他随手拿了几盒，也不管新不新鲜，一股脑递给了售货大婶。但是大婶只给了他一袋冰袋。史内克拎着那个塑料袋，盯着大婶问："能多给我几个冰袋吗？"

大婶瞪了他一眼："没有了没有了，要是每个客人都像你们这种拿法，我们光制冰都要亏本。"

"我们？"

大婶看起来多有不满："前几天有个年轻人也是挑了这点儿三文鱼，居然缠着我要了一大袋冰。这还不算，后来他又跑到卖海鲜那边凿了几块冰回去。"

史内克想了想，从手机里翻出傅真发给他的戴森闲的照片："是这个人吗？"

"对，就是他，你们认识？"

"他是我朋友，最近被女朋友甩了，脑子有点儿不正常，说是用冰块摆个什么阵就能让女友回心转意。"史内克面不改色地信口开河，"他今天逼着我带一袋冰回去，还威胁我说要是不带他就自杀。"

大婶一脸痛惜地又拿出一个冰袋放到史内克手里："好好一个小伙子怪可惜的，你要带他去看看心理医生啊。"

"你要这么多冰干什么呢？"史内克拿着傅真凭警察特权从超市里要来的戴森闲的购物清单，在戴森闲面前晃了晃，"生鱼片只买了两盒，听店员说拿了两大袋冰。安薇薇冰箱里的冰也全没了，冰格全部清空，想必你还去别的地方取冰了吧？"

戴森闲身体的颤抖停止了一秒。

"我本来想为什么凶手要把死者拖入浴缸并放满水，怎么都想不明白的时候就想一定是为了掩盖什么，或者是为了不在场证明。如何获得不在场证明呢？延长或缩短死亡时间以混淆警方视线。一想到死亡时间我就想起了化成水的冰

块。把尸体埋到冰里，然后等冰慢慢融化，如果是这样的话，你10月15日的不在场证明根本就不成立。"史内克冷冷看着他，"死者真正的死亡时间是10月14日，来说说那天你在做什么吧，尤其是晚上。"

"我没有不在场证明。"戴森闲也看着他，"但你没有我杀人的证据。"

"哦？我还没说完呢。"史内克"嗤"了一声，眼神有些嘲讽，"凶手又为什么要大费周章，仅仅是因为变态吗？不，从冰块看，凶手杀完人后大脑十分清醒，那么墙上一定有凶手想要遮掩的东西。所以我就拜托傅真把整个客厅的墙都调查一下，结果很有趣，上面一共有三个人的血迹。有一面是安薇薇的，两面的血迹公安数据库里没有，还有少许被这两种血迹覆盖的血，和戒指上的血一模一样。"

史内克拿出装有戒指的证物袋："这是我送给邱小姐的礼物，世界上没有两颗一模一样的宝石，所以你不必狡辩我会认错戒指。"

"可这是我付的钱。"傅真小声插嘴。

"闭嘴。"

被史内克横了一眼后，傅真乖乖闭上了嘴。

"你杀了两个人。"史内克的目光重新回到戴森闲脸上，"那两面墙上的是邓一的血吧？"

为了确认邱灵手机里犯人在意的东西，傅真下午重新看了那段监控，并放大了犯人摆弄手机时的画面，依稀可以看见他在翻相册，但具体是什么照片根本看不清。

于是傅真让技术人员还原了手机文件，发现被删的竟是邱灵翻拍的戴森闲与安薇薇的合影。

"你看看这张照片有什么问题。"傅真把打印出来的照片递给史内克。

史内克只看了一秒就用宛如看智力障碍者的眼神看向傅真:"你看过这张照片的事为什么不早点儿告诉我?"

"这张照片果然有问题啊。"傅真不甘心地再度凑上去看。

史内克看了眼他挂在椅子上的大衣,问他:"现在是几月?"

"十月。"

"照片上的两个人都穿着短袖短裤,太阳直射强烈,看上去是几月?"

"七八月。"

"戴森闲和安薇薇认识了多久?"

"一个月。"

史内克不耐烦地喝了口咖啡。

"可是他们说的一个月说不定是约数呢,现在是十月下旬。"傅真狡辩,"一个多月能追溯到九月初,九月初的天气跟八月差不了多少。"

"神经病。"史内克撂下这句话后就走了。

尽管如此,傅真还是拜访了戴森闲的前女友,虽然出示了证件,但前女友对他仍是十分警惕。

"冒昧地问一下,您与戴森闲是什么时候分手的?"

"9月18日。"前女友朝天翻了个白眼,"那个垃圾说他爱上了别人。"

回想起店员说的话,在戴森闲与她说分手前,他似乎已踏上了安薇薇这条船。

"其实我早就知道了,在9月17日我朋友给我发了这张照片。"

傅真探出身子去看,就是戴森闲扶着安薇薇从酒吧里出来的那张,那时他们都穿上了长袖。

"你看有没有可能,他们在再早一些的时候就在一起了?"傅真不死心地把合影拿给她看,"比如9月初的时候?"

"你是白痴吗?这么强烈的阳光一看就是七月末八月初的正午。"前女友

戳着照片，忽然停了下来，"不对，这怎么可能是他？我不记得他有这件短袖。而且整个夏天我们都在海南度假，他哪有时间跟别的女人合影？"

傅真僵住了，他觉得这个时候再去找史内克简直就是自取其辱。

可是他和邱灵后来去戴森闲家里拜访的那天，他在外衣里穿的就是这件衣服啊。

"照片是合成的，后来鉴定科也确认过了，这张照片里只有那张脸是你的，也就是说你从未跟安薇薇交往过。不然你也不会去合成这张白日梦般的照片。"

病房的日光灯把戴森闲的脸照得惨白。

"所以你为何会穿着邓一的衣服？"史内克推起眼镜，目光透过镜片牢牢盯在戴森闲的脸上，"因为，你杀了他。"

10月14日，戴森闲与安薇薇在别墅里发生了争执，两个人的血同时溅到了墙上。混乱间，戴森闲失手杀了她。意识到自己杀人后，他并没有心慌意乱，先遮掩自己的血迹。而后，他把她拖入浴室，在尸体上堆满冰块。

10月16日，戴森闲前来确认冰块是否融化，并将浴缸里的水放至死者胸口。做完这些事后他听见了客厅的开门声。

显然来访者被吓住了，而戴森闲当机立断冲了出去，用绳子勒死了他。

杀完人后，他忽然意识到如果放任尸体出现在这里，那他的心机就白费了。于是他剥下邓一的衣服，然后烧掉了自己的血衣，穿着邓一干净的衣服，拿了他的所有证件和钥匙出去了。

史内克讲述着自己推断出的罪案现场。

"凑巧的是，那天邓一所穿的恰好是照片上的那件。满心想着'千万不能让警方发现邓一已经被害'的你意识到，假如让警方发现这张照片是合成的，那可大事不妙。于是你约邱灵出来，大概借口是知道邓一的行踪。在约定的时间之前，你把邓一的车开到了隐蔽的地方，而后从相反的方向把邱灵迷晕。本来在删除照片后你是想毁掉手机的吧，万万没想到的是这位竟会打电话给她。"史内克看了傅真一眼，"由于做贼心虚，听到铃声后你的手率先做出反应，不小心把手机扔入了垃圾桶。偏偏这时走来一对情侣，而这边邱灵随时可能醒来。所以你只能把邱灵拖入车中，并打算灭口。你将车开到荒野，让车缓缓滑入河中，然后你尽早脱身，在邱灵溺死之前随便去哪儿制造个不在场证明就可以了。可有件事对你来说太不幸了，就是有一对情侣去那里，不知道想做什么，恰好发现了这辆沉了一半的车子，报警把它捞了上来。实际上这件事你完全做得画蛇添足。可以说，如果你不去动邱灵，凭旁边那位的智商，恐怕等案件时效过去，也不会想起这张可疑的照片。"

"喂喂，不要把我说得这么不堪嘛。"傅真抗议。

史内克没有理他，继续顺着自己的思路说下去："至于邓一在哪里……以你'千万不能被发现邓一已经死了'的思维和你的变态性格，我只能想到一个地方。"

傅真的手机仿佛掐准了时机响了起来。

"头儿！"电话那头是警员惊恐的声音，"我们在戴森闲家的冰箱里发现了邓一的尸体！"

警员的惊呼使得傅真把手机从耳朵旁拿远了些，饶是如此，他听得还是有点儿反胃。

史内克却是镇定自若，他一早就猜到了戴森闲的冰箱里会是这样一副可怕的光景。

戴森闲被逮捕后，店长也从审讯室里被放了出来。

"为什么要杀安薇薇？"傅真在审讯室里审讯他的动机。

戴森闲不抖了，之前所有的懦弱在他脸上一扫而空，取而代之的是愤怒："那

个死女人竟要和我分手！不可饶恕！为了那个野男人，她居然用刀指着我！"

按戴森闲的说法，他杀安薇薇是防卫过当。

傅真一脸冷静："可是你们并没有交往过。"

"胡说！那天薇薇喝醉了酒，她还靠在我的肩膀上！然后我们在酒店里过了一个美妙的晚上。"戴森闲的表情有些陶醉，"她实在是太可爱了。"

实际上，在逮捕戴森闲后，傅真在他的手机里发现了不少安薇薇的照片。照片里她已醉得不省人事。拍摄地点是在酒店的房间，日期是9月17日。

顺便还有几条他们之间的短信。

戴森闲发短信对安薇薇说："你不答应我，我就把这些照片发给邓一看。"

邱灵此时已醒转，局里再三说她还可以再休几天假，但她强烈要求和傅真一起审讯这个害得她险些丧命的杀人犯，所以此时她就坐在傅真身边。虽然身体有些虚弱，但还是忍不住打击道："是你强迫她和你交往的吧？"

"不要闹了，那个女人水性杨花，我提出和她交往是在拯救她，是她的福气！就她那点儿工资，怎么住得起大别墅？怎么买这么多名牌包？还不是她的老板在包养她？我并没有因为这点而嫌弃她，我那么包容她，你却说我强迫？"

戴森闲彻底发了狂。

傅真和邱灵对视一眼，各自耸耸肩，看来审讯只能到此为止了。

其实在此之前，戴森闲还给安薇薇发过一条短信：今晚我想见你，不然我就告诉邓一你被你的老板包养了。

短信发送日期是9月17日中午，他定的地点就是那家酒吧。

墓地。

店长走到一块墓碑前，吃惊地发现一个戴着金丝边眼镜的陌生男人站在那里。男人似乎在等他，听见脚步声后就转过了身。

"你是……"店长把花束放在墓前。

"说起来很抱歉，我托傅真查了你的信息。"史内克转身朝向墓碑，"这是……"

店长应该对傅真这个名字有点儿印象，笑得有些无奈："这是亡妻。"

史内克沉默不语，早在信息系统里他就了解到店长的妻子在两年前死于车祸。

"今天是亡妻的忌日，不过店里没人知道。"店长的无名指上还戴着结婚戒指，"除了薇薇。"

史内克点点头。追求女孩之时先让她了解到自己丧偶再合理不过。

店长继续说了下去："是薇薇先发现我不对的。有一天她跑进我的办公室问我是不是发生了什么事，我看起来很不对劲，我便把妻子的事告诉了她。那段时间多亏了她，我才能重新振作，不然凭我那时的精神状况，恐怕早就被竞争对手打垮了吧。"

"……真是出人意料啊。"

"薇薇条件并不好，但我对她很感激，所以就想把本来要送给亡妻的别墅送给她。一开始她不接受，后来我说租给她她才妥协。当然那租金只是象征性地收一点儿而已。"

然后店长又买了许多包、化妆品和珠宝给她。

安薇薇为难地对他说："我是有男朋友的。"

店长自嘲地笑笑："真没想到店里会有我包养她的传闻。"

"是啊，世事难料。"

"也不知道是谁传出去的。"店长笑容可掬地看着史内克。

史内克也回敬以目光："出于职业道德，无可奉告。"

为了庆祝案件的解决，傅真晚上约了史内克吃饭。酒过三巡，傅真忍不住抱怨："你一早就觉得墙有问题，为什么不早些告诉我啊？"

"当初是你说凭你自己可以破案的。老实说我对此也非常期待。所以在调查过程中你总是拖着我见这见那让我感到很纳闷。"

傅真沉默片刻,忽然开口:"阿克。"

"这称呼真恶心。"

傅真仿佛没听到般,笑嘻嘻地拍着他的肩膀:"我下次一定自己破案。"

"我很期待你能独立。"

"这话怎么像是我爸对我说的一样?"

"那就叫爸爸。"

"爸爸。"

"……"史内克在傅真面前头一次丧失说话的能力。

看上去傅真已经有些醉了,史内克从傅真兜里拿出信用卡要去结账,却被傅真一把抓住了手腕:"我还有个问题。"

"说。"

"那个店员为什么要说安薇薇被店长包养?而且她的样子一点儿也不像说谎。"

"因为别墅、名包、化妆品和珠宝吧,戴森闲能把安薇薇约至酒吧不也凭的这些王牌吗?戴森闲和安薇薇交往的事也是她看见他们从酒吧里出来而自行判断的。她对自己的推理深信不疑,又被某种微妙心态驱使,就把这些话传了出去,于是全店都以为店长包养了安薇薇。"

"说起来那名店员被解雇了啊。"

"长舌妇罪有应得。"

"可是店长怎么知道谣言的源头是她呢?"

史内克沉默一秒,把傅真从座位上拽了下去:"不早了,回家吧。"

被诅咒的宿舍

　　女生的尸体从河里被捞了上来，所幸发现得早，尸体没有被泡得太肿。傅真站在鉴定人员身旁等结果，神色惶恐。他会有这个反应倒不是因为对尸体有敬畏之心，毕竟当了这么多年刑警，若说当初对尸体还有敬畏，到现在早就被磨光了。他会这样完全是因为他身边的友人。

　　这位名为史内克的律师这次破天荒地在第一时间站在了发现尸体的现场，而且是冲入警局强行要求傅真带上他前往这里的。

　　这在两人十几年的友谊史上是第一次。过往傅真有什么有求于他的案件总是饱受冷嘲热讽，甚至差点儿下跪磕头，这才勉强说服史内克协助破案。

　　此刻史内克的脸色差到了极点，原因傅真是知道的。

　　死者名叫狄娴，是这条小河所在大学的化学学院的研究生，同样也是史内克最近负责的一起性侵案的受害人。

　　几天前，傅真拜访史内克的小木屋律师事务所时史内克恰好不在，接待他的似乎是事务所的新人。

　　女孩看上去大学刚毕业的样子，扎着两股麻花辫，戴着一副圆形的框架眼镜，看向傅真的眼神里有点儿露怯。

　　傅真看着她的白色汗衫和蓝色百褶裙，回想史内克对女人的审美，心想这小姑娘能进事务所一定是凭她超群的实力。他才这么想完，女孩就把招待他的咖啡倒在了杯托上。

"对……对不起。"女孩手忙脚乱地把咖啡壶拿开,咖啡又从壶口溅了出来。

傅真沉默两秒,尽量使自己的笑容看上去亲切:"史内克不在的话,我就不打扰了。"

女孩仿佛受到惊吓一般往后退了一步,也不管杯托上的咖啡了,把咖啡壶随手往茶几上一放就慌慌张张地躲了起来。

这让傅真备受打击。

此时事务所的门开了,史内克回来了。

"啧。"他看了眼倒了一碟咖啡的杯托,目光越过傅真投向厨房,喊了一声,"安梓静!"

听他的语气,傅真以为他要对女孩发脾气,正酝酿些解围的话,女孩已一溜烟从厨房蹿了出来,有意绕过自己躲到了史内克身后,而后只探出半个脑袋怯生生地看向傅真,手紧紧拽着史内克的衣角。

傅真再一次受到暴击,无奈地看向史内克:"我有这么可怕吗?"

"最近有新案件?"史内克没有回答他,反而抛出了一个问题。

"案件天天有,刚处理完一个割腕自杀案,这不想来你这里透透气吗?"

"那你最好换身衣服再去洗个澡,我这个新招来的助理对血腥味特别敏感。"史内克把外套挂衣架上,"而且特别害怕这种气味。"

在安梓静的瑟瑟发抖和史内克锐利目光的注视下,傅真迫不得已去洗了个澡。

他换了身史内克的衣服从浴室里走了出来。由于血腥味被关在了盥洗室,安梓静的情绪稳定了不少,给他倒咖啡的时候总算没有手抖。

傅真还是有些不甘心:"我刚才没闻到身上有血腥味啊。"

"都说了她嗅觉特别敏锐。"

"哦……你刚才去哪儿了?"

"新接了个性侵案,证据已搜集完毕,举证也毫无问题,所以就和委托人的家属举行了庆功宴。"

"庭审已经结束了?我怎么不知道?在几号法庭?"

"明天开庭。"

傅真一口咖啡差点儿喷出来。

史内克瞥了他一眼:"我接的官司什么时候打输过?"

"也是,也是。"傅真接过安梓静递来的纸巾,手忙脚乱地擦着嘴角的咖啡,"那个小姑娘能打赢真是太好了,希望她往后的人生不会有什么阴影。"

史内克用奇怪的眼神看着他。

"怎么了?哪边的咖啡没擦干净吗?"傅真又拿着纸巾乱擦一气。

"你是不是没睡醒?性侵案是由检察院提起诉讼的,这点你都不知道吗?"

傅真的手一顿,表情有些僵硬:"那……那么……"

"我的委托人当然是被告,也就是她的导师。不过你说得对,但愿那名女生在往后的人生中不会留下什么阴影。"

第二天性侵案的官司原告果然败诉,傅真在旁听席上听了全程。

出了法庭后,名为侯首的被告握着史内克的手连连道谢,而身为证人与受害人的女生则像被抽走了灵魂一般被父母推上了车。如果此时不是在法院门口,也许女生的父亲会冲上来狠揍史内克一顿。

被告侯首是原告女生的研究生导师,女生因他威胁自己如果不与他发生关系,便不让她研究生毕业而报警。在经过警方一系列的取证后,检察院最终向侯首提起诉讼。这起案件在民众看起来怎么都是女生胜诉才合情合理。

可是被告被无罪释放后人们的言论便不同了,有指责史内克挣昧心钱的,有痛骂侯首不要脸的,还有的对女生冷嘲热讽,猜测她虚报案件想凭此狠狠敲诈导师一笔。

第三天早上,女生的尸体被早读的学生发现。

记者的行动力远在警察之上,早在傅真赶到之前,汽车的早间新闻广播里的两名主播就有了以下对话。

"刚刚得到消息,昨天性侵案的受害者因被告被判无罪,导致精神恍惚,失足落入河中。也不知被告与无良律师是否该对此事件负责。"

"是啊,希望以后律师不要昧着良心做事。"

大概是史内克在上班途中听到了这一段才会掉转车头气急败坏地冲到警局。

此时史内克在警戒线外,表情僵硬,眼睛一眨不眨地盯着狄娴的尸体。傅真觉得再这样下去,史内克就要冲到尸体面前,举起鞭子,不抽到她诈尸誓不罢休了。

那样的话就太乱来了。

傅真一边想象着这场景,一边摸着自己的下巴。

史内克忽然转头看向傅真:"你们断定这是意外吗?"

"这……这个……"傅真被他的气势震退一步,干笑着回答,"得等尸检报告出来。"

十有八九是意外。正因如此,才让傅真忧心忡忡。

每所大学都会有几条小河,河边向来是比较幽静的场所,很多学生都愿意来这里看风景或读书。但是这条河边没有座椅,又只栽了一棵树,站久了没地方坐,学生们不会愿意坐在泥里,久而久之,这里就鲜有人来了。如果非说有学生会到这里的话,那就只有到这里来晨读的学生了。

加之昨晚风大,晚上出来的学生少之又少,跑到这条河边来吹河风不是娇生惯养的大学生会做的事。但是狄娴刚败诉,想来这里吹吹风冷静冷静也说不定。

"如果是谋杀的话。"史内克握紧了双拳,"哼。"

傅真笑得有些无奈："你心里的嫌疑人没有动机啊。"

侯首在性侵案中被判无罪，此时确实没有非杀她不可的动机。因为狄娴若是被判定为谋杀，那么警方首先会调查的一定就是侯首。

但是史内克没有理会傅真，自顾自地说了下去："我只是他性侵案的律师，不是杀人案的。区区教授竟敢让我名声扫地。"

"……不是，这是什么性质的案件不是还没确定吗？"

"我要亲手把他送上被告席。"

"……"

就在傅真苦于该如何不让史内克钻牛角尖的时候，身边突然发出了巨大的动静。他转过头去，看见安梓静脸色煞白地晕倒在了地上。

"晕倒的真是时候……"傅真瞥了眼脸色越来越难看的史内克，"正好你背她回去冷静一下吧。"

最终安梓静被抬回了事务所。

"对……对不起。"她捧着茶杯小声道歉，"我第一次看见尸体……"

史内克烦躁地拿着咖啡杯靠在会客室的墙上，并没有打算说话。

等安梓静醒来的这段时间里，傅真和邱灵已做完了现场勘查，现在就等尸检报告了。调查结果倾向于意外。

傅真干笑着拍了拍史内克的肩膀："你看，我当时就叫你别接这个案件……"

"等你知道的时候我已经取证结束了。"

"……那你以后不要蹚这种浑水，官司虽然赢了，但你看……"

"你是说我见钱眼开？"

傅真不敢接话，反是邱灵义愤填膺地瞪着史内克："真是太过分了，亏我还以为你是个好人，没想到竟替那种人辩护。你就是见钱眼开！过分！衣冠禽兽！被人唾骂简直就是活该！"

一席话把傅真说得目瞪口呆，但已经没有了拦住她骂人的机会。史内克朝她投以锐利的目光，干笑着举起双手。

　　"我想起来……"安梓静细弱的声音从她嘴边飘了出来，"在我晕过去之前似乎闻到了微弱的酒精的味道。"

　　刚才的尴尬气氛被她打破，会客室里一时陷入沉默。

　　"酒精和尸臭混在一起，所以我才……"她的声音渐渐细弱蚊蝇，"但是我不会闻错，现场确实有酒精的味道。"

　　史内克想了想，低头喝了口咖啡，对傅真说："说起来，那应该不是第一现场吧。"

　　傅真苦笑："你们就这么想要它是谋杀案吗？"

　　"当然。"史内克答得理直气壮，"否则我的声誉就扫地了。"

　　邱灵朝他翻了个白眼："那你也是活该。"

　　傅真装作什么都没听见，扭头望向窗外吹起了口哨。

　　"那酒精的味道不是从一个地方飘过来的。"安梓静适时地接着回忆，"一个是尸体的方向，还有一处似乎在我左边不远处。"

　　傅真把目光转了回来。

　　"是同一种啤酒的气味。"

　　史内克俯身把咖啡杯放回茶几，正在思考的当口，傅真先行凑到了安梓静身前，好奇地盯着她的鼻子："嗅觉真的那么神奇啊？"

　　安梓静被吓了一跳，忙不迭地往后缩身子。傅真却仍不知收敛，继续好奇地看着她："这不就和猎犬一样嘛，还是个会说话的猎犬。"

　　安梓静求助地看向史内克。

　　"阿克，你是物色到了一个多神奇的物种啊！"

　　"前辈，我觉得史内克的忍耐快到极限了。"邱灵终于忍不住提醒，"再不注意下言行举止我们会被扫地出门的。"

　　傅真抬头看见史内克阴沉的脸，忙讪笑着重新坐了回去。

　　"没想到前辈是这种人。"回到警局后邱灵向傅真侧目，"见到年轻的小姑娘就双眼放光，找尽一切借口去接近她。这么猥琐的行为还不如史内克，见色起意得这么坦坦荡荡。"

　　"……你这评价要是被他知道了会酿成什么样的后果你知道吗？"

　　"无非是前辈给他跪下道歉而已。"

　　"……学得还真快。"

　　邱灵面露得意之色。

　　他们身旁传来一声尴尬的轻咳，一名警察把一份尸检报告递到了傅真手里："头儿，报告出来了，法医在死者胃里检查出了啤酒。"

　　傅真边听警察陈述边把文件从文件袋里拿出来翻看。

　　邱灵小声说："死者胃里真的有酒，那个安梓静真的连这个都闻得出来。"

　　傅真此时完全笑不出来，又问那警察："小组里讨论结果怎么样？"

　　"大家都说是意外，很有可能是死者醉酒后失足落入河中的意外事件。不过还没有决定性的证据，兄弟们都到现场找证据去了。"

　　"那我不能闲着。"邱灵充满干劲儿地要跟随那名警察一起出去。

　　傅真一把把她拉了回来，邱灵不满地转头看他："干什么啊前辈？现在可是工作时间。"

　　"你想想看，安梓静说她闻到了两个地方飘着啤酒味道，也就是说昨天有人陪死者狄娴喝酒，那狄娴落入河中的时候，陪她的人去了哪里呢？"

　　邱灵瞪大了双眼。

　　"必须向局里汇报，这可能是谋杀。但是……"傅真挠了挠后脑勺，"总不能跟他们说有个小姑娘闻到了现场的酒精气味吧？"

　　"这听上去的确有些奇怪。"

傅真摸着下巴陷入沉思。

"前辈……"邱灵说话时难得有些犹疑,"要不要去问下侯首?反正如果是谋杀的话,他肯定是脱不了干系的。"

即便没有动机,侯首也算是命案的相关人员,去询问几个问题无可厚非。

"也只能这样了,死马当成活马医吧。希望能在他们找到所谓的证据之前找到突破口。"

"前辈已经相信是谋杀了吗?"

"反正相信史内克总是没错的。"

"他根本就是为了自己的名誉着想才会一口咬定是谋杀的吧!"

傅真无奈地笑了笑:"其实他也没这么无理取闹。"

邱灵哼了一声:"真是难以置信那起性侵案他居然能够打赢,那个检察官也太差劲儿了吧。"

傅真突然停下了脚步。

"前辈,怎么了?"邱灵也不得不停下来疑惑地看着他。

"你说得对,这种案件的'无罪'判决下达得也太轻而易举了。"

"对吧对吧,法官也不明是非。"

"不,我旁听了整个庭审。"傅真皱眉,"怎么说呢?感觉检察官被阿克辩驳得毫无招架之力,一副无法提取更多证据的样子。其实刚开庭的时候我就觉得他的表情有点儿奇怪。"

邱灵歪头看他:"奇怪?"

"如果不是取得了确凿的证据,检察院是不会对案件提起诉讼的,所以一般来说证人和证物都应该准备充分才对。可是庭审时起诉方却显得证据不足,不是有点儿奇怪吗?阿克那个家伙没有感觉到这一点大概是因为胜仗打习惯了吧。"傅真忽然恍然大悟地睁大双眼,"我明白了,那个检察官在开庭时的表情表现出的是明显的焦虑。"

说完他披上外套,迫不及待地大步往外面走去。

"前辈,你去哪里啊?"

"去检察院,找那个检察官,问问那次奇怪的庭审到底是怎么回事。"他忽然又奔回办公室把笔与笔记本夹在腋下,"快,你也去拿个本子记录一下,对对对,再去拿支录音笔。"

邱灵似乎被他的情绪感染,也斗志昂扬地跑回办公室拿这拿那。同期警察问她为何突然干劲儿十足时,她抬头挺胸地回答:"难得看见傅真前辈能帮助到别人,我感到十分开心。"

负责侯首性侵案的检察官程素馨恰好在办公室里,傅真和邱灵在她的对面正襟危坐。但程素馨仿佛不知道他们在办公室,双眼仍盯着眼前的电脑,双手在键盘上飞速打字。

傅真忍不住咳了一声。

程素馨依然没有理会他的意思,双手打字的速度更快了。

"那个……素馨,别闹了。"傅真挠了挠头,"很多检察官都输给了阿克。"

程素馨终于抬起头来,目光直刺傅真。

"不……别误会,我没有嘲笑你的意思。"

程素馨的目光更锐利了。

邱灵小声对傅真说:"前辈,刚才那句话还不如不说。"

傅真也小声回答:"可是她这个样子让我很紧张啊。"

"你们两个以为这么说话我就听不到吗?"

程素馨把座椅从电脑后推了出来,整张脸也完全露出。她看起来35岁上下,头发全部盘起,化了精致妆容的脸上没有一丝表情。

"我居然会输给史内克这种只知道捞钱的垃圾。不过我要纠正一下,这场官司如果不是那两个证人临阵脱逃,史内克将再一次成为我的手下败将。"

"两个证人临阵脱逃？"

"史内克居然输过官司？"

傅真和邱灵同时发声，问的却是完全不同的两个问题。

"那是史内克第一次上法庭，我教会了他什么是失败，这是新人律师的必经之路。"

傅真无奈地说："你能不能回答下我的问题？"

程素馨看了他一眼，"喊"了一声，不情不愿地回答："除了狄娴外，本来还有两个女生是要出庭做证的，但是直到庭审结束她们都没有出现。开庭前我派人去找她们，可是找不到，就连电话也打不通。"

她露出一个意味不明的笑容："真是中国好室友。"

邱灵低头沉思一阵，忽然想到了什么，问程素馨："会不会是史内克太想一雪前耻，就买通了那两个女生？"

程素馨摇头："她们和狄娴一样也是性侵案的受害者。而且，史内克并不知道这两个证人的存在。我原本的打算是把她们当作王牌，安排临时出庭给史内克致命一击的。"

傅真摸着下巴仰头思索："这太奇怪了。"

"的确很奇怪。"程素馨点头附和，"连这种诉讼都会输，简直是我检察官生涯中的一个污点。"

史内克和安梓静此时正在拜访侯首。他们在门外等了一分钟后，侯首终于把门打开，但没有请他们进屋的意思，只保持着拒客的微笑："史律师，我记得没错的话案子已经结束了，难道我的律师费付少了吗？"

史内克皱了皱眉头，随即冷笑："我在发现尸体的地方捡到了你的袖扣。"

侯首一愣，继而笑了："别开玩笑了，史律师，我都好几年没去过那里了。"

"我就是在开玩笑。"史内克递过袖扣，"法庭外捡到的。"

侯首接过这个东西，端详好久后表情依然疑惑："可这不是我的东西。"

史内克仿佛没有听见这句话，神色越发不满："让帮你胜诉并且送回袖扣的律师在门外站这么长时间就是你作为教授的待客之道吗？"

侯首给两人泡了茶后，在一张转椅上坐下："史律师应该不会只为了一枚袖扣而专门过来一趟吧？"

史内克推了推眼镜："老实说，我没想到证人溺死会引起如此强烈的社会舆论。"

"是啊，我非常过意不去。"

"因此我想要名誉损失费。"

侯首脸上礼貌的微笑僵了僵，紧紧盯着史内克："你要多少？"

说话的时候他的声音有些干涩。

"一共十万。"

侯首的表情更僵硬了。

安梓静将一本写满字的本子推到他面前，小声说："这是我搜集到的所有诋毁所长的媒体名字，我们准备给他们寄律师函。"

侯首又是一愣，显然还没弄清楚到底是怎么回事。

史内克看着侯首开口："你会帮我们的吧？"

"当然，当然，只要用得到我，我一定帮忙。"礼貌的微笑再次出现在他脸上，他挺直背脊坐在靠椅上，"怎么能让史律师蒙受不白之冤呢？这些诋毁的人太差劲儿了。"

史内克点头表示赞同，转而对安梓静说："去准备律师函吧。"

安梓静认真地在日程表上记下一笔后，手机的短信铃声响了。她低头看了一眼，对史内克说："所长，傅真说他要去事务所见您。"

"他居然没有直接去吗？"

"是您要求他预约的。"

"哦,是吗?真听话啊。"他起身披上大衣,对侯首说,"那么告辞了。"侯首小心翼翼地把转椅推至桌子下,然后替他打开了大门。

"程素馨居然说有了证人就能让我输?"史内克"啧"了一声,"真乐观啊。"

傅真忍不住吐槽:"你能不能抓下重点?"

"算了,就当作丧家之犬的自我安慰吧。"

"……"

"她想得太天真了,我当然会调查狄娴的室友。那两个女生一个叫孙卡卡,一个叫楼优韵,她们同时也是狄娴大学时的室友。一个宿舍的三个女生同时成为本校的研究生,研读的还是同一个方向。"史内克讥笑,"感情真好啊。所以我就想看看她们考研的卷子,结果侯首跟我说她们是保送的。于是我又去要了她们本科时的成绩单,发现了件很有趣的事。"

傅真身子前倾,迫不及待地问:"什么事?"

"她们读本科的时候,宿舍里还有个叫孟萱媛的女生,综合成绩一直是年级第一,可是在研究生名单里却没有她的名字。"

傅真想了想,猜测道:"也许是去了别的学校。"

"她根本没有参加研究生考试。"史内克看着傅真,表情有些古怪,"你不觉得这个名字很耳熟吗?"

邱灵先做出了反应,惊呼:"那不是去年失踪的那个女生吗?"

傅真恍然大悟:"原来是她啊!每年失踪人口这么多,记不得也不能怪我嘛,而且这也不是我负责的案子。"

"太过分了,前辈,这事在去年闹得沸沸扬扬的。因为宿管阿姨说只看见她进宿舍,没看见她出宿舍,所以大家都传她是凭空消失的。"

傅真不以为然:"跳窗溜出去的吧。"

史内克冷笑:"她们宿舍在六楼。"

邱灵点头:"因为第二天就是十一长假,孟萱媛的父母不见女儿回家,电话也没人接,惊恐之下报了警。"

三人陷入沉默,此时会客室里写字的"沙沙"声特别明显。

史内克瞥了眼身边正奋笔疾书的安梓静,问她:"你在写什么?"

安梓静慌忙合上笔记本,从沙发上弹了起来,把笔记本紧紧抱在胸口,惊慌失措地低头回答:"我我我只是想记一下这个案子,说……说不定和狄娴的死有关,毕毕毕毕毕竟她们宿舍已经有两个人出事了。我……我只是觉得这个宿舍有点儿古怪……而已。这只是我的看法,也……也许是错的,反……反正所长您……您不用管我。"

"嗯,你比傅真强太多了。"史内克安抚似的拍了拍安梓静的头,"回到刚才,我在开庭前拜访了她们,问侯首有没有骚扰过她们。她们斩钉截铁地说——"

他的嘴角往上勾了勾:"没有。"

全场陷入沉默,只有邱灵看看傅真,又看看史内克:"可是程检察官说……"

"所有的疑点全在侯首一个人身上。"史内克说,"不知道他动了什么手脚。因为如果那两名女生真的被侵害,都已经到了检控阶段,不可能不发声吧?"

"可是……"安梓静小心翼翼地看了史内克一眼,小声说,"如果站到证人席上,那不就等于告诉在座的所有人自己被侵犯了吗?这对于女性来说,是一道很难迈过去的坎吧。"

邱灵拍案而起:"受侵犯后忍气吞声才像个傻瓜吧!"

傅真点头:"如果谁想侵犯你,那一定没好结果。"

"前辈你说什么?"

"没什么,你听错了……"

由于警方已基本认定此案为意外，所以现场勘查的警察少得可怜。即使仍有留守现场的人，状态也是松懈的。

其中有人看见傅真慢慢踱了过来，走上前去打招呼："头儿，那位律师还认定这是谋杀吗？"

傅真苦笑："是啊，还牵出了一年前的失踪案。"

警察的表情严肃起来。

"所以再辛苦几天吧。"

"明白了，头儿。"

傅真没有留在发现尸体的现场，而是朝河水流过来的方向走去。

"前辈！"邱灵追了上去。

"这里一定不是第一现场。"傅真边走边看向河边，"河岸的泥土上没有脚印，而且那天夜晚风比较大，尸体一定是顺着河流漂下来的。"

"那一开始为什么不说？"

"这不是阿克新招的助理昏过去了嘛。"

邱灵撇嘴："看来史内克也没想到案发的第一现场不在这里嘛，还不如前辈……"

"其实他提过……"

"一定是猜的。"

傅真忽然停下了脚步。

邱灵疑惑地看着他："怎么了，前辈？"

"安梓静不是说她闻到了从别的地方飘来的酒味？"

邱灵点头。

"死者郁闷地借酒浇愁，有人陪她喝酒，会是什么人呢？"

邱灵顿时恍然大悟："关系好的人！朋友！对了，最有可能的就是室友！"

依程素馨所说，狄娴的两个室友在一开始是同意出庭做证的，后来不知什

么原因未能现身，事后去赔罪也不无可能。

　　傅真陷入了沉思。

　　"只有一点是奇怪的。"他摸着下巴，"为什么死者胃里只有酒呢？"

　　狄娴的室友孙卡卡和楼优韵并不在宿舍，宿舍同层的学生也不知道她们去了哪里。问起性侵案庭审期间她们的去向时，学生说她们被辅导员叫了出去，然后就不知去向了。

　　傅真疑窦丛生，又带着邱灵去找辅导员。

　　"大概是社团的事。"辅导员皱眉努力回忆，"她们社团活动的经费要报销，但是发票和她们报的金额对不上，就让她们核对清楚后再报。"

　　傅真一脸茫然："就为这事跟她们谈了一下午？"

　　辅导员抬头看了他一眼，目光锐利，随后从文件夹中抽出一份文件，竟兀自批阅起来，并没有继续理会他的意思。

　　"嚣张什么啊，还不如把她带到局里去审问呢。"邱灵显然看不惯了，忍不住皱眉，"再告诉媒体这是件谋杀案好了。"

　　辅导员额头的青筋跳了跳，终于放下笔，看向傅真。但傅真只是笑而不语，似乎默认了邱灵的提案。

　　"……算了。"辅导员从抽屉里拿出一张纸来，"有人给我寄了封匿名信，说这两名学生借着社团的名义在外面大吃大喝，把玩乐的发票充当社团活动费拿回来报销。所以我就让财务查了下之前的几张发票，确实有几张的名头有些可疑，就把她们叫过来问一下情况。"

　　"因为是学生丑闻所以不方便讲吗？可是如果她们开的是假发票，那绝不能姑息。"傅真看了邱灵一眼，想用眼神示意她把这些记下来，"等着案子完了再秋后算账吧。"

　　邱灵对傅真的眼神示意视而不见，继续问辅导员："难道你不知道她们要出庭做证吗？居然在这个时候跟她们说发票这种小事。"

"出庭做证？"辅导员难以置信地看着她，"我什么都没有听说。"

"少骗人了，这可是教授侵犯学生的案件欸！这么大的事你居然不知道？"邱灵瞪着她，"偏偏在庭审当天纠结发票这种事情，不是太奇怪了吗？"

辅导员冷笑："警察小姐，我要纠正你一下，发票不是小事。而且我刚才已经说了，我不知道她们是证人。"

邱灵不依不饶："你身为辅导员就不关心一下学生吗？侯首被判无罪，狄娴该有多难过！而且就算你不知道她俩要出庭做证，狄娴是证人这件事你总该知道吧！她们身为室友，为什么不放她们去旁听？"

"当时没想到让她们去旁听也许是我的疏忽，但现在说这个有什么意义吗？比起旁听一场毫无意义的庭审，我觉得还是发票更重要一些。"她低头重新审阅起刚才的那份文件，"侯教授是无罪的不是吗？旁听这样的庭审，除了怀疑自己室友的人品外，还有别的意义吗？"

"什么无罪？他怎么可能是无罪的？"

"哦？"辅导员抬头，脸上现出几分嘲讽，"你的意思是说，法官在看了这么多证物，听了这么多证词以后依然判错了？还是说法庭故意包庇侯教授？"

邱灵还要发作，袖子被傅真拉了一把。她愤愤不平地把要脱口而出的话吞了回去，双眼仍不甘心地瞪着辅导员。

傅真戴上手套拿起匿名信："把这拿回去做证物没问题吧？"

"请便。"辅导员头也不抬。

把门重重摔上后，邱灵憋了许久的怨气终于得以发泄："这个人太过分了，把学生的性命当成什么啊，简直就是个机器嘛！"

"你视若生命的正义感在某些人眼里就是个笑话。"傅真不以为意地耸耸肩，"三观不同是没法讲道理的嘛，还是搜集证据重要，正义感没什么用。"

邱灵回身，对辅导员办公室的门比了个开枪的手势后，才"哼"了一声跟

傅真离开。

史内克和安梓静慢慢地走在学校的操场上。

操场上全是学生,史内克身上看起来就很贵的风衣和学生们格格不入,引来不少目光。安梓静从未承受过如此多的目光,局促地躲到史内克身后。史内克倒是泰然自若:"你不用躲,他们看的不是你。"

安梓静小声回答:"可你就在我旁边啊。"

史内克笑笑:"知道为什么要来这里吗?"

"不知道。"安梓静老实地回答。

"那你不问?"

"反……反正所长的判断不会有错。"安梓静本就很轻的声音变得更加微不可闻,"身为助理,我只要记录所长发现的线索就行了。"

史内克叹了口气:"虽然第一句话没有错,但是身为助理,也要有自己的判断,这样才能帮助我。千万不要像傅真那样,只会给我添麻烦。"

安梓静认真地点头:"知道了。"

"死者的胃里只有酒,没有其他食物残留,就是说她晚上只喝了酒。你之前又说闻到了别的地方有酒味,那一定是有人陪她喝酒。你在毕业之前想喝酒但没钱吃东西的时候会和朋友约在哪里?"

"一般会在宿舍。"

史内克摇头:"不可能是宿舍。如果是意外,以她失足跌入河里的醉态,早就从楼梯上滚下来了。如果是谋杀,那么凶手把她从宿舍里扛出来未免太引人注目。"

"会不会是先喝了酒,然后被人约出来?"

"这的确是一种可能。但是谁能在一个刮大风的晚上把一个心情坠入谷底的女生给约出来呢?"

安梓静低头想了想："如果是我的话……"

话只说到一半，史内克就看见她脸红了。

"你想说是她喜欢的人？"

安梓静红着脸点头。

"一会儿可以去法院要下那天旁听席的登记表。"史内克走到了操场中间的草坪上，"现在我要说另外一种可能，就是穷学生们也许会到操场上喝酒。"

正好一阵风刮来，草上的气味钻入安梓静的鼻腔。

"酒……"她呆呆地看向史内克，"就是上次那个气味。"

"看来是没错了。"

晚上在操场上喝酒，只要不是特别熟悉的人，被认出的可能性不是很大，加上那天晚上风大，到操场去夜跑的人就更少了。

"也不是不能碰碰运气。"史内克推了推眼镜，"让傅真去问问那天晚上来操场锻炼的学生好了。"

他环顾操场一圈，露出一丝意味深长的笑容："死者为了散心，几乎横穿了整个学校。"

发现尸体的河流上游在一个宿舍楼的后方，当史内克赶到的时候，傅真已经在那里勘查了。

"这次挺聪明。"

听见史内克的声音后，傅真站了起来，脸上表情有点儿兴奋："可以确认这里就是第一现场了！"

史内克顺着他的手指看去，河岸边的泥土上确实有两个脚印。

"已经对比过了，就是死者的脚印。"傅真补充，"泥土上还查到了有人为覆盖的痕迹。"

"也就是说……"

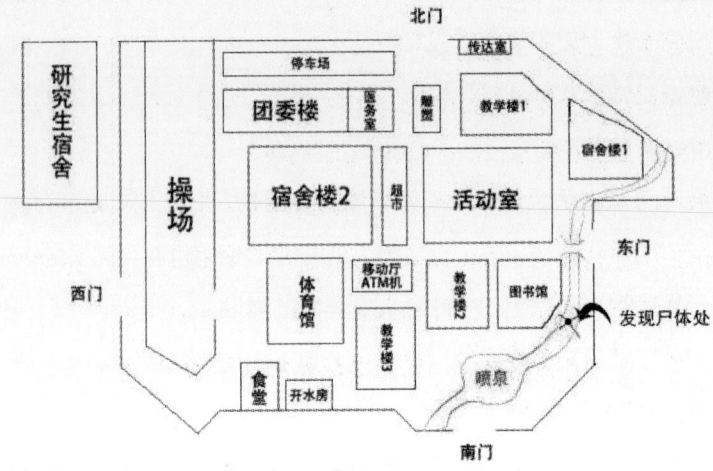

学校示意图

"是他杀!"

看着傅真神采奕奕的双眼,史内克忍不住打击:"到现在才确定是他杀没什么好兴奋的,也不知道你们警察之前在干什么。"

傅真挠了挠后脑勺:"这不是还没找到有动机的嫌疑人嘛。"

"那就查有作案可能的人好了。"

史内克将在操场上的发现告诉了傅真,并对他下达命令:"你以警察的身份把学生召集起来,问问案发当天晚上有谁在操场。"

傅真乖乖点头,又把从辅导员那里拿到的匿名信递给史内克。史内克皱眉:"这是故意的吧,有进行笔迹鉴定吗?"

没等傅真回答,他又摇头:"不对,这应该是用左手写的。"

信上字迹潦草虚浮,横竖撇捺都没有章法,显然不是惯用手写出来的。

傅真只能苦笑:"是啊,笔迹鉴定毫无用处。"

"前辈!"邱灵气喘吁吁地从西边跑了过来,"孙卡卡和楼优韵不见了!"

傅真一愣，还没来得及发问，邱灵兀自说了下去："她们的同学说，自从发现狄娴的尸体后就没见到过她们两个人！"

目前能找到的与案件有关的人就只有侯首了。此时傅真正在召集学生们进行排查，史内克与安梓静再一次打算去找侯首。

他的不在场的证明傅真已派人调查过，他一晚上都在图书馆，直到十点闭馆才走了出去，路过活动室时跟里面准备社团活动的学生打了个招呼，然后被学生叫进去进行活动辅导了。

警察向活动室的学生确认过，学生都说确有此事，而且叫他进去的学生是楼优韵。

但这并没有消除史内克的疑虑，因为他所做的这些，完全就像是为了给自己制造不在场证明似的。

"所长，"安梓静小声提出自己的猜想，"要不要去调查下孟萱媛失踪案？"

一年前孟萱媛失踪，活不见人死不见尸。一年后狄娴落入河中溺死，孙卡卡和楼优韵又不知所终。这样的走向，实在是让人无法忽略失踪的孟萱媛。

"会不会是这个宿舍的女生犯了什么事，才接二连三地……"

安梓静收了声，不敢再往下说。

"是啊，至今都没有找到那个女生的尸体。"史内克若有所思。

听了这句话，安梓静先是一愣，然后惊恐起来："您……您是说……"

"梓静，"史内克郑重其事地看着她，"如果让你一个人调查案件，有问题吗？"

安梓静茫然地看着他，一时间领会不了他话里的意思。

"这个案件牵扯的线索太多，集中调查太浪费时间了。而且傅真在排查之后还会去寻找失踪的孙卡卡和楼优韵。我这边需要盯着侯首，再加上一年前的失踪案，我觉得分散调查会比较好。"

"明白了，所长，我去查孟萱媛。"

史内克点头："去查下法庭的旁听人员登记名单，如果这起案件与失踪案有关，那里一定会有线索。"

史内克抬手看了眼时间，差不多下课了。他干脆走到教学楼外等侯首。果然，当侯首夹着课本走出教学楼看到史内克时，表情一滞。

"早上已经有警察找过我了，史律师，我的不在场证明很充分。"

史内克转过身，给侯首让了条道："说点儿别的吧。"

本来警惕的侯首听到这句话时有些意外。

"没意见的话我就直接说了。"史内克将双手插在风衣口袋里，语气颇是讽刺，"孟萱媛也是你的学生吧？"

侯首的脚步顿了顿。

"三个学生失踪，一个学生溺死，侯教授，你有点儿衰啊。"

"萱媛的事，我们几个老师都感到十分可惜，本来以她的成绩，去名校读研究生的把握也是很大的。"

"那么你觉得孙卡卡和楼优韵会去哪里呢？"

侯首想了想，回答："两个学生平时都很乖巧，也热衷于社团活动。狄娴出事那天晚上，优韵还在活动室里和话剧社的学生们排演话剧。"

两个人此时恰好停在活动室和图书馆中间的小路上。

"你还是话剧社的指导老师？"

"是啊，优韵和卡卡都是话剧社的成员。"

史内克走入活动室。由于还是下午，这里只有几名没课的学生在排练，看样子还只是大一、大二学生的样子。

侯首介绍："我们本校的研究生是可以和本科生在同一个社团的，她们一般在社团里担任指导工作，也就是说指导老师没空的话，她们可以进行活动指导，社团经费也由她们报销，相当于我的助理。社长就策划活动和分配任务就够了。"

活动室里一名扎着马尾辫的女生正在指导别的学生练习，看上去就是社长了。

"艾莉。"侯首上前招呼那个女生，"在排练吗？"

扎着马尾辫的女生放下手中剧本，回过身来看向门口。但看到侯首时眼中竟然有几分厌恶。那厌恶很快就消失了。她走到侯首面前，脸上带着些许责怪："老师，两位学姐还没找到吗？下周就要表演了，这样可不行。"

活动室里响起了手机短信的铃声。

艾莉这才注意到史内克的存在，撇了撇嘴，但还是叫了声："史律师。"

史内克有些意外，瞥了短信一眼后问她："你认识我？"

"侯老师的案子我去旁听了。"艾莉的目光斜向别处，"史律师真是厉害呢。"

史内克佯作没有听出话中的嘲讽，推了推眼镜，"刚才我的警察朋友通过手机 GPS（全球定位系统）找到了你的两个学姐。"

艾莉的目光迅速移了回来："在哪里？"

"侯教授的家里。"史内克意味深长地看着身边的男人，"现在警察应该已赶往你家了吧。"

史内克和侯首赶到的时候警察已经把侯首家里围了个水泄不通，只是警察的表情似乎有些不对。史内克有些疑惑，恰巧看见傅真从警察堆里走出。可是傅真并不敢看史内克，只干笑着让他的手下给侯首让道。

警察们随着手势分到了左右两边，此时史内克才看清屋里的情况。

并没有他预想中的血腥场面，在他面前的只是两名瑟瑟发抖的女生而已。

侯首的脸已经拉了下来。

"那个……"傅真求救地看向史内克，"这两个女生说她们害怕，所以就躲到老师家里来了。"

史内克的脸色比发现狄娴尸体的时候更加糟糕。

"律师先生,这就有点儿过分了吧。"侯首看着满屋子警察,语气压抑着气愤,"原来你们就是这么办案的,我算是见识到了。"

"……十分抱歉。"史内克咬牙说了这一句后,瞪了傅真一眼,二话不说就离开了。

艾莉本是兴致勃勃地跟在后面,一看这架势,眼中有掩不住的失望。但她没有去找那两名女生,反而跟在史内克后面出去了。

傅真愁眉苦脸地站在小木屋律师事务所的楼下,无论如何都等不到史内克下来。都已经傍晚六点了,办公室的灯依然亮着。他又拨了通电话,明明二楼隐隐有铃声传来,但对方就是不接。

"这次真的万劫不复了啊……"傅真自言自语间,看见二楼的人影站了起来。那人影朝窗外瞥了一眼,不等傅真挥舞双手就"哗"地拉上了百叶窗。

傅真的手僵在了半空。

"……傅警官?"一个弱弱的声音从旁边传来,安梓静好奇地看着他,"你在干什么?"

傅真仿佛抓到了救命稻草,一下子扑了上去,吓得安梓静连退三步。

听完他的陈述后,安梓静陷入了沉默。

她问:"为什么不事先给那两名女生打电话?"

"因为阿克一直怀疑侯首是凶手,我就先入为主地以为她们已经遇害了。"

"这样是不行的,不能把责任全推到所长身上。"安梓静认真地看着傅真,"如果你这样回答所长的话,大概他一辈子都不想见你了。"

傅真点头如捣蒜,跃跃欲试:"你现在是不是要上去?"

"可是所长并不想见你,我不能带你上去。"

"不要这么死板嘛。"

"会被开除的。"安梓静静静地看着傅真,"身为助理,绝不能给所长添麻烦。"

傅真语塞,只能眼睁睁地看着她上楼,又焦虑地在楼梯口来回踱步。三分钟后,史内克与安梓静一起出现在了他面前。

安梓静双手交叠在身前,看了傅真一眼,对史内克微微鞠躬:"所长,我家里还有事,先回去了。"

离开之前她又回头瞟了傅真一眼,仿佛在对他说:"我只能帮你到这里了。"

史内克"啧"了一声:"傅真。"

"在!"

"下午的事怎么解释?"

"我以为侯首是凶手,就迫不及待地追踪GPS去了,没有事先联系那两个女生都是我的错,我保证下次不会再捅这种娄子了!"

"……不错啊。"史内克颇是意外地看着他,"看起来还有救。"

傅真点头哈腰地为他拉开副驾驶的车门,心里松了口气。

"下次再让我给别人道歉,你这辈子都不用见我了。"

"是是是。"

两人直接去了孙卡卡和楼优韵的研究生宿舍。

下午傅真把她们送回去后,她们的情绪依然没有稳定下来,问了半天什么都问不出,傅真索性回局里去了。但有些事不问不行,他估摸着到晚上史内克的气也该消了,就到事务所楼下碰碰运气。

敲开两名女生的宿舍门时,她们仍蜷缩着瑟瑟发抖。

"那个……"傅真为难地挠了挠后脑勺,"你们为什么要躲到侯首的家里?"

宿舍里一片死寂,女生们只惊恐地看着他。

傅真无奈地看向史内克:"我有这么可怕吗?"

史内克冷笑一声，把他拉到身后，看了那两名女生一眼，问道："吃晚饭了吗？"

楼优韵的眼睛一亮。

"想吃什么？这位警察请客。"

傅真还没来得及抗议，刚才明明还如受惊小鹿般的两名女生已欢天喜地地跟着史内克出去了。

晚饭地点选在一家烧烤店里，明明只有四个人，桌上却堆了六人份的烧烤。史内克只象征性地吃了几串软骨便不再动了，傅真倒是大快朵颐，看起来很享受这种廉价的烧烤。

十串羊肉下肚，两名女生已完全放开。

"其实我们一年半前去寺里玩，趁着庙里和尚不注意，把喝剩下的水倒在了佛像的脚边。然后回去后没多久萱媛就失踪了。本来我们也没把这两件事联系到一起，直到两天前小娴出事，我们才猜想会不会是佛祖的诅咒。"孙卡卡表情诚惶诚恐，"我和优韵实在太害怕了，就向侯老师求救，所以我们才会出现在那里。"

史内克额角的青筋跳了跳，傅真也陷入了沉思。

"如果我的助理哪天说了这样的话，我一定第一时间把她开除。"

傅真尴尬地咳了一声："你们不知道侯首和狄娴的事吗？居然还敢跟他回家，不害怕吗？"

"侯老师才不会做那样的事！小娴简直过分。"楼优韵嘴里塞满了烤馒头，说话也有点儿含混不清，"居然还去报警。"

史内克冷笑："听说你们答应了检察官当证人。"

楼优韵停止了咀嚼，孙卡卡的表情也僵硬起来。

"说谎不是好孩子。"史内克把楼优韵面前的食物全部拿到自己面前，"从现在开始,不说实话不准吃东西。那么告诉我吧,为什么要说谎?"

楼优韵盯着烤鸡翅咽了口唾沫。

"不给就算了,你以为你是谁啊!"孙卡卡拍案而起,"威胁我们?做梦!"

"因为我们喜欢侯老师。"楼优韵盯着食物双眼放光,脸上完全不见羞耻。

孙卡卡大惊失色,脸上一片绯红:"楼优韵!"

傅真目瞪口呆:"情节发展得有点儿刺激啊。"

史内克满意地点点头,给楼优韵递去一根鸡翅,又抓了三根烤肠在她眼前晃动。楼优韵全然不顾孙卡卡的阻止,双眼放光地继续说:"侵犯也好,住在他家也好,我们都无所谓,因为我们喜欢他,只要他在身边,我们就什么都不怕了。"

傅真再次陷入沉思。

"但是小娴竟想让他入狱,这怎么行,这种行为根本无法饶恕,所以我和卡卡就假意要帮她做证,实际上并不会去法院,这是对她的惩罚。"

史内克将举报信放在桌上,问:"所以这也是你们做的?"

楼优韵点了点头。

孙卡卡瞠目结舌地看着供认不讳的室友,心中早已怒火中烧。

史内克悠闲地喝了口水:"爱情真伟大啊。"

傅真愣了足足三秒才把刚才的信息消化干净,猛然回神:"这样一来就不只侯首有动机了啊。"

"你什么意思?"孙卡卡瞪着他,"怀疑我们吗?"

"因为喜欢而不分青红皂白,确实像女大学生会干的蠢事。"史内克出言嘲讽,"都能这么坑室友了,怀疑一下也不过分吧?"

"是啊是啊。"傅真连声附和。

"随你们的便!"孙卡卡瞪了楼优韵一眼,愤然打算离开,"你自己惹出的事自己去搞定!"

楼优韵吃完烤肠后茫然抬头:"可是那天晚上我在活动室排练啊。"

史内克没有说话。

根据话剧社学生所说,那天晚上楼优韵确实在活动室里,还叫住了侯首,导致侯首有了更加充分的不在场证明。

傅真咬着扦子的尖,恍然大悟地叫住正要离开的孙卡卡:"那天你不在活动室?"

孙卡卡的双肩颤了一下。楼优韵边吃烤肉边含混不清地回答:"对啊,那天我们在排练《哈姆雷特》,可卡卡说她有事不来。我就和社长两个人带剧组排练,排得肚子都饿了。"

史内克的手指有节奏地敲了三下桌子。

"看来只有一个人没有不在场证明。"他若有所思地看向孙卡卡,"不坐下来好好解释一下吗?"

汽车里傅真看着笔记本,觉得有点儿头痛。

刚才孙卡卡说前天晚上八点左右,狄娴因为心情不好而找她们去操场喝酒,自然狄娴是喝得最多的。喝醉后,孙卡卡和楼优韵想扶她回去,但被狄娴挣脱了,三人还发生了争执。孙卡卡两人一怒之下不打算管她,便放任狄娴一个人回宿舍,而她们两个到校外散心去了。

九点楼优韵想起有社团活动匆匆赶去,而孙卡卡去学校超市买东西了。

傅真抱着微末的希望去超市求证,结果收银员看到孙卡卡的照片后非常笃定地说她九点半左右来过,因为只买了一袋八毛钱的干脆面,却忘带钱了,所以她印象十分深刻。

更令他头痛的是,研究生宿舍楼的宿管说九点二十看见狄娴摇摇晃晃地出宿舍楼了。

傅真为难地咬着笔杆,然后有气无力地趴到了方向盘上。

"从宿舍楼走到第一现场最短的时间也需要二十分钟。"史内克看着学校的平面示意图,"狄娴九点半还活着,也就是说死亡时间可以缩短到九点五十到十点,可是这段时间里三个人都有不在场证明。孙卡卡九点四十五把钱给收银员后,宿管在九点五十五看见她回宿舍了。"

"三个人都有不在场证明啊!"傅真抱着脑袋哀号,"难道又要从头调查?"

"除非还有别的嫌疑人,不然方向不可能出错。"

傅真叹了口气:"看来明天又要排查了。"

史内克沉默不语。

"有什么奇怪的地方吗?"

"太奇怪了。"他拿过傅真的笔记本,"侯首刻意的不在场的证明已经足够奇怪,而孙卡卡这个不在场证明更加难以说通。她说的有事居然是去超市买一包八毛钱的干脆面,你觉得正常吗?"

"特意去超市买干脆面啊,这么一说的话确实……"

史内克扶了扶眼镜开始冷笑:"为了一袋干脆面而放弃社团活动,而且她明知道要去买东西却不带钱,这个不在场证明可比侯首的过分多了。"

傅真恍然大悟地直点头。

"学生的脑袋到底简单。"史内克随手把笔记本扔到傅真腿上,随后拿下眼镜,身子惬意地靠在放低了的椅背上,"好了,送我回家吧。"

傅真一脸茫然:"你的推理呢?"

史内克"啧"了一声,语气有些不耐烦:"说了多少次了,没有证据就进行推理是外行人的做法。你就不能把这个记到脑子里去吗?"

傅真连声回答"能",然后乖乖地发动了车子。

第二天清晨,史内克才到事务所门口就闻到了一阵咖啡香。他有点儿诧异,推门进去看见安梓静刚把咖啡壶从咖啡机里拿出来,一名女生背对着他坐在沙

发上。

"啊,所长。"听见声音后安梓静慌忙地又拿出一套咖啡杯来,"这名叫艾莉的女生说要找您,有事说。"

"本来我是不想见你的。"艾莉把胳膊搭在沙发上,撇了撇嘴,"一点儿都不想和差劲的人讲话。"

安梓静紧张地抱着茶托站在史内克身后,小心翼翼地看着自己的老板。

史内克毫不在意地喝了口咖啡,抬头笑笑:"可你还是来了。"

"看在你和侯首作对的分上,我勉强屈尊和你说几句话。"艾莉"喊"了一声,"侯首那个死变态对很多女生都伸过咸猪手。他还骚扰过孟萱媛学姐。"

听到孟萱媛这个名字时,史内克的目光闪了一下。

"不过学姐赏了他一记耳光。"艾莉咬牙切齿,"在那之后不久萱媛学姐就失踪了,我觉得这肯定和那个变态脱不了干系。"

安梓静已快速地拿出纸笔,坐在史内克身边飞速记录。

史内克问:"你觉得狄娴案和孟萱媛有关系?"

"肯定有关系。"艾莉答得斩钉截铁,"两个案件都牵扯到了侯首。"

安梓静出神地盯着笔记,看了史内克一眼,又飞速低下了头。

史内克对她点头示意:"有什么想说的吗?"

"昨天……我去查旁听席的名单,发现只有一个人是这所大学往届的学生,毕业一年,和孟萱媛同级。"安梓静小心地从包里拿出一份名单,指着自己用笔圈出来的名字,"听说他是孟萱媛的男朋友,至今没有放弃找她。"

"真感人啊。"史内克不痛不痒地说着,抬眼瞟了下那名字,表情瞬间凝固。

"石叁典学长!"艾莉先他一步喊出了男生的名字,不仅如此,她的双颊还泛出潮红,"太过分了,我竟然没有看到他,他也不来跟我们打招呼!"

"……他很帅吗?"

安梓静点头:"打听下来,是院草。"

"超帅的！"艾莉的尖叫完全把安梓静的声音盖了过去，兴奋得几乎就要把上半身贴在茶几上，"人也很温柔，好多女生喜欢他！"

史内克揉了揉眉心，又问："包括孙卡卡和楼优韵？"

"她们两个是追他最积极的！尤其是那个孙卡卡，哪里有学长哪里就有她，都恨不得尾随学长回宿舍了，喊。"

"所长，我昨天要到了他的联系方式，要见他吗？"

"……你自己去见吧。"

"所长？"

"算了，还是我和你一起去吧。"

艾莉立刻从沙发上蹦了起来，一步追到史内克身边："我也要去！"

"安梓静。"

"所长，什么事？"

"打个电话给辅导员，告诉她艾莉今早翘课了。"

艾莉气急败坏地提出抗议："太过分了，你这是过河拆桥！"

安梓静遗憾地看着暴跳如雷的女生，只能抱歉地为她拉开事务所的门。

看见艾莉愤愤不平地离去，史内克如释重负地吐了口气。他走到门口，突然问安梓静："对了，傅真知道这个人吗？"

安梓静替他从衣架上拿下风衣，微微摇头："没有所长的同意，我怎么可能把情报告诉别人。"

"让他一起来吧。那个……石叁典应该会有很多话想要告诉警察。"

会面地点在一家咖啡店，在史内克到达之前，傅真和邱灵已迫不及待地坐在那里了。石叁典是最后一个到的，在他坐下之时，安梓静罕见地抬头对他扶了扶圆框眼镜，邱灵也瞪大了双眼，一只手撑在沙发扶手上，撑着身子目不转睛地看着他的脸，并发出感慨："真的好帅啊！"

史内克"啪"的一声把咖啡杯放到了桌上。

邱灵和安梓静这才恢复了常态,一个坐回了沙发,一个拿出了笔记本。

"你真的叫石叁典啊?"只有傅真还兴致勃勃。

男生表情尴尬地"嗯"了一声,傅真无视这副表情继续发问:"你父母给你取这名字的时候是怎么想的?"

"前辈,"邱灵不可思议地看着他,"为什么每当史内克在身边的时候你都会失常?"

史内克不耐烦地皱了皱眉头:"傅真,你有什么要问的就快问。"

"不是你叫他来的吗……"

史内克横了他一眼,从沙发靠背上拿起挂着的外套。看见他这个举动,安梓静也合上了笔记本。傅真蓦地起身,以迅雷不及掩耳之势把他的外套按回靠背上,对石叁典和颜悦色地说:"你是孟萱媛的男朋友?"

安梓静看了重新坐回去的史内克一眼,又摊开了笔记本。

石叁典点头。

"那侯首骚扰她的事你知道吗?"

"知道。就是因为知道才去旁听那场庭审的。"石叁典看向史内克,"没想到这个律师竟然让他无罪释放……这个结果,谁都不能接受吧?"

史内克泰然自若地喝了口咖啡:"孟萱媛宿舍的关系很复杂吧?"

石叁典一愣。

"如果孙卡卡和楼优韵没有爽狄娴的约,我赢得可能要辛苦一些。"

石叁典低下头,双手交叉放在桌上,声音一下子低了下去:"萱媛经常说她宿舍里的三个人排挤她。"

邱灵脱口而出:"还不是因为她们都喜欢你!"

傅真才把咖啡杯送到嘴边,猛然听见从邱灵嘴里冒出这么一句话来,险些把咖啡喷出来。

石叁典尴尬地看着邱灵，这个时候好像接什么话都显得很奇怪。

傅真清了清嗓子，装作什么事都没发生一样问他："你最后一次见到孟萱媛是什么时候？"

"……那天是她生日，她喝了很多酒，我送她回的宿舍。一年前我已经对警察说了很多遍。那天过后学校放假，她父母因为联系不上她所以报了警。"

"不好意思，那个案件不是我负责的，所以我要重新了解下。"傅真抱歉地笑笑，"记得是几月几日吗？"

"九月三十日。"

邱灵不满地插嘴："都说了后一天就是国庆放假。"

"九月三十日……"并没有在意邱灵的指责，傅真摸着下巴沉思，"我记得上大学那会儿一旦遇到节假日，阿克都会翘半天课直接回家。现在的大学生都这么老实，竟会等到放假当天才回家吗？"

史内克忽然冷笑："女朋友喝醉了，不带她去旅馆，竟送她回宿舍？"

傅真吓了一跳，忙喝道："喂，阿克！"

石叁典的脸顿时通红，说话也开始结巴："你你你说什么啊？"

"多大的人了还这么羞涩，在两位女士面前装清纯吗？"史内克对他嗤之以鼻，"孟萱媛宿舍的另外三个人也是第二天才回去的，可是去年她们大四，课程本来就少，再加上九月三十日下午没课，没有等到第二天再回去的理由。所以九月三十日晚上你送回去的应该不是孟萱媛一个人吧？"

石叁典咽了口唾沫："她们也去庆祝了萱媛的生日……都喝多了……本来我想带萱媛单独走的，但是被她们硬拉到了宿舍楼下……"

"借醉装疯。"史内克点头简单总结。

"可是好奇怪。"邱灵忍不住发问，"她们既然这么喜欢你，为什么在孟萱媛失踪后没有借机上位，反而去喜欢侯首了呢？单恋对象的女朋友失踪应该是追求的最好时机。"

安梓静盯着笔记本发了会儿呆，忽而开始奋笔疾书。

邱灵好奇地把头伸过去："你在写什么？"

"计算利弊。"安梓静把笔记本摊放在桌上解释，"孟萱媛失踪，石叁典情绪降至谷底，感情进入空白期，此时去安慰他，拿下的胜算是90%。两个人一起竞争，那概率成为45%。两人中只有一人能胜出，剩下那个人在付出时间与精力后却要一败涂地。如果我是她们，除非自身条件要比另两人好很多，否则我不会去做。而楼优韵和孙卡卡转而去喜欢侯首，这里需要一个契机。但她们似乎保持着两人一起和侯首保持暧昧关系且互相知晓但并不排斥的奇怪状态，这种处境的弊端比追石叁典而不得多了一倍不止。可是她们为什么要选择后者呢？而且似乎乐在其中。"

邱灵张大了嘴，半天才憋出一句话来："感情是能用利弊来衡量的吗？"

"当发生我们无法理解的事情时，只能用这种方法来分析了。"

石叁典目瞪口呆："确实，萱媛失踪后，我再也没有收到过她们的微信。"

安梓静盯着笔记本自言自语："是求而不得后为了节约时间成本转攻下一个目标？不……明明这是攻下上一个目标的最佳时机，而此时转攻又要从头开始，除非这个目标早就表示出对她们的好感。可是这样的话就太奇怪了……下一个目标对两个人都表示出了好感，两个人连续的两个目标都相同……太奇怪了。"

史内克静静地看着安梓静分析，等她不再说话了，便问石叁典："狄娴呢？"

石叁典一愣："怎么了？"

邱灵抢过了话头，双眼闪闪发光："她是不是也喜欢你？"

"……大概吧。"石叁典挠了挠头，"不过她在九月三十日后也没再联系我了。"

安梓静把45%画掉，转而写上了30%："那她们追到的概率只有30%了，即便如此，风险还是没有和侯首保持暧昧大。"

剩下的几个人陷入了沉默。

史内克拿起咖啡杯啜了两口,推了推金丝边眼镜,朝石叁典冷然道:"那你现在去见见她们,怎么样?"

活动室还在进行话剧排练,门被推开时,第一个看向门口的是艾莉。

"石叁典学长!"在别人做出反应之前她已蹦到走入活动室的男生面前,脸颊因激动而涨红,"你怎么来了?"

石叁典手足无措,他下意识地摸了摸耳朵,那里挂着傅真给他的空气导管耳机。

"我来……看看你们。"他僵硬地说出台词,"听说母校出了事,我当然要回来看看。优韵和卡卡呢?"

艾莉指向身后:"在那儿呢。"

被点名的两个女生正背对着石叁典看剧本,恰巧侯首也在旁边。

石叁典的拳头握紧了又松开,他咽了口唾沫,朝侯首走过去叫了声:"侯老师。"

侯首转过身来笑脸相迎:"叁典啊,好久不见。"

楼优韵和孙卡卡跟着转过身来,却只淡淡点了点头,算是打了招呼。

"好久不见。"石叁典挠了挠头,"生疏了不少啊。"

"本来……就不怎么熟吧。"孙卡卡把头别向一边。

"害羞什么啊,学姐。"艾莉蹦至孙卡卡身边,双手搭在她肩上,"上选修课的时候,非要坐在学长旁边的人就是你吧?我可是全都听说了哦。"

孙卡卡把脸扭向一旁,一言不发。

楼优韵还是笑嘻嘻的:"这次回来还是为了萱媛吗?"

石叁典惊了一下,勉强恢复常态:"你们也没有她的消息吗?"

楼优韵瞥了侯首一眼,语中似乎另有所指:"如果她死了,你会考虑别的

人吗?"

"你说什么?"

楼优韵眨眨眼睛,对孙卡卡投来的目光视而不见,继续往下说:"失踪一年,怎么想都凶多吉少吧。十一那天我们回家的时候她还在床上睡觉呢……没想到晚上就接到了失踪的消息。放假的时候,留在学校的人不多啊,尤其是这种长假。"

石叁典陷入沉默。

一年前警方调查失踪案时是录了这份口供的,十一当天在学校的也只有几个离家特别远的学生和辅导员而已。于是他们把目标投向在外施工的民工,最后因找不到线索而放弃。

"算了,不说这个。"男生勉强挤出一个微笑,"晚上出来吃顿饭吧。"

孙卡卡难以置信地看着他,双臂微微发抖。

楼优韵的笑容也收了一下,却是看向侯首。

"我也要去!"艾莉从孙卡卡身后蹿了出来,顺势攀上石叁典的胳膊,"学长不会只邀请两位学姐吧?"

石叁典被她吓了一跳,用另一只手搔了搔脸颊:"这个嘛……"

侯首笑了笑:"叁典同学会邀请我吗?"

艾莉皱眉:"这样不好吧,老师,难得同学聚会,你凑进来大家不就拘束了?"

"是吗?"侯首无奈地耸肩,"那就没办法了,看来今天的社团活动……"

"当然取消了。"艾莉开心得把整个身子都贴在了石叁典身上,"今天大家就休息一下吧,劳逸结合嘛。两位学姐如果不来的话,就成了我和学长的单独约会了哦。"

然而孙卡卡和楼优韵却没有回应。

石叁典意外地看着她们:"不来吗?"

"当然去了。"孙卡卡盯着他的眼睛,用力挤出笑容,"难得见到你,怎么可以不去?"

"我就不去了。"楼优韵拿起放在桌上的剧本,拢了拢头发,"晚上我有约,放人家鸽子不太好,下次再约吧。"

"果然很奇怪。"傅真取下耳机,"有一种楼优韵和孙卡卡被侯首挟持的感觉。"

史内克摘下眼镜,揉了揉眉心:"派个手下跟踪侯首吧,最好监视下他家。"

"他家里怎么了?"

"我和安梓静第一次前去拜访时他似乎很不乐意让我们进去,在我说告辞时他一脸的如释重负。"史内克转头看向傅真,"不过经过上次闯入他家的事件,再想搜查他家就难了吧?"

傅真苦笑:"是啊,还被领导骂了一顿。"

史内克冷笑:"活该。"

"不要这么无情嘛,我们接下来去哪里?"

"去吃晚饭吧。"

傅真一愣:"这么早?"

"正常晚饭时间还有别的事要做。"

"那……你的助理要一起吗?"

史内克瞥了他一眼:"怎么?你想请她吃饭?"

"当然不是了!"飞速回答完这一句后傅真踩下了油门。

下午五点,石叁典带着两名女生走入餐厅。此时店里人还很少,只零零星星坐了几个人,石叁典环顾一圈,窗边有一个扎着两个麻花辫的女孩单独坐在那里。她只点了一杯蜂蜜柚子茶,似乎是在看书,手边还放了支钢笔。

服务员看见他停留在门口,便问是否有预订。石叁典看了那女孩一眼,点头:

"姓石。"

服务员把他们领到了女孩的邻桌。

石叁典接过菜单,紧张地往邻桌瞥了眼,但女孩只默默地翻过一页书,好像并没有感受到他的目光。

"卡卡学姐,你们和侯老师的关系好奇怪哦。"服务员走后,艾莉立刻满脸八卦地发问,"为什么看上去就像你们和学长吃饭要经过他同意似的?"

孙卡卡拿起勺子的手顿了顿,若无其事地回答:"没有,你感觉错了吧。"

"那为什么优韵学姐会说萱媛学姐死了呢?"

孙卡卡倒吸一口凉气,语气越发僵硬:"大概……是她猜的吧。"

"一年多了,活不见人,死不见尸。"石叁典用勺子搅着开胃汤,眼睛盯着被他拨出的漩涡,"我都想放弃了。连警察都找不到,我还坚持什么呢?"

孙卡卡所有动作一起停止:"你是说……"

"萱媛也不希望我这样吧。"

这一桌陷入静默。

艾莉忽然站起身,意味深长地看着他们:"我去趟洗手间。"

她走后,石叁典和孙卡卡面对面坐着,气氛竟有些暧昧。

"其实我对你是有些好感的。"石叁典盯着她的眼睛,"但是听说你喜欢了侯老师。"

他苦笑一下,把小吃推到她面前:"侯老师还没有结婚,但现在已经是教授了,一定比我优秀很多吧。"

孙卡卡切牛扒的刀从手里滑了下来。

见她不答话,石叁典也低头切起了牛扒:"算了,不说这些了,免得以后尴尬。"

"给我一点儿时间。"孙卡卡突然闷闷地冒出这句话来。

"什么?"

"我是说……太突然了，我有点儿接受不了。"孙卡卡勉力笑了一下，"喜欢侯老师的只是优韵而已。那天我没有出庭做证人是因为优韵寄给辅导员的匿名信。不然……我肯定会帮小娴脱离侯老师的魔爪的。再说了，一直以来侯老师迷恋的就只有萱嫒而已。"

石叁典震惊地瞪大了双眼。

"……我说的是真的。"孙卡卡咬了咬嘴唇，"侯老师对萱嫒有一种狂热。"

"那他为什么还要骚扰狄娴？"

"我……不知道。"

"所以他骚扰你们是真的吗？如果你是因为他对你做了什么而心怀芥蒂，我不在意这些的。"石叁典对她露出一个笑容，"我想萱嫒那时应该也很痛苦吧，而我竟没有发现。"

"……给我一点儿时间。"孙卡卡竟没有否认，"我现在没法答应你。"

"答应什么呀？"艾莉冷不丁出现在桌边，饶有兴味地盯着他们，"难道你们趁我洗手的时候在这里说了什么见不得人的话？"

石叁典和孙卡卡都被她吓了一跳，立即低下头去专心致志地切牛扒。艾莉倒也没有纠缠，重新坐在石叁典的身边。半个小时后，三人离开了餐厅。

一直坐在邻桌默不作声的安梓静确认三人走远后合上了书本，从他们桌下拿走了一支录音笔。

史内克一个人来到了侯首家门外，那里的灯是暗着的。他把铁丝伸入锁孔，捣鼓了几下，耳上的蓝牙耳机里传来傅真不安的声音："这样真的好吗？"

"你不是派手下盯紧了侯首，他一回来就发信息通知你吗？"

"可是被发现了，我也保不了你。"

门锁"咔"的一声开了，史内克打开手电筒："少废话，你那里怎么样？"

"我去了她们宿舍楼，宿管对我有点儿不耐烦……然后我又去问了同层的学生，她们说案发当天宿舍里狄娴和那两个人发生了争执，但是八点左右就看见她们下楼了。"

"和孙卡卡她们说的一样啊。"史内克的手电筒照到他和安梓静坐过的沙发上，用力按了按，并没有发现有什么异常。

"其实……我想起来一件事。"傅真在电话那头小心翼翼，"我一开始排查时，操场上夜跑的学生说八点十五才看见有人坐在操场中间的草坪上。"

"从宿舍到操场要多长时间？"

"五分钟。"

"如果不是因为这个案件关乎我的声誉，我真不想和你一起查案。"史内克把手电筒照到侯首坐的椅子上，发现转椅的皮质套上竟有剪开后重新缝好的痕迹。他伸手往上按，摸到了一些硬物。他的手一滞，又往下滑去，那硬物不是连续的，中间似乎有几条缝隙。

他不敢确信，手又从椅子的下面摸到了上面，再横向一寸一寸地摸着。

"阿克，怎么了？"电话那头的傅真都感觉到了这里气氛的不寻常。

"傅真，"史内克关了手电筒，直起身来，神色凝重，"你知道人骨椅子吗？"

傅真吸了口冷气，木然地问他："你这是……什么意思……"

"不知道吗？"史内克神色阴郁地看着眼前这把椅子，"就是把人藏在椅子里。"

他握着手机的手的温度难得降到了冰点，接着缓缓说道："我在侯首家的转椅上摸到了人骨。"

警察迅速包围了侯首的房子，在周围居民疑惑的眼神中打开了房门，那时候史内克早已从屋里撤离。此时他装作什么都没做一样站在傅真身边问他："侯首呢？"

"小邱说他晚上和楼优韵一起吃饭，逛了会儿街，楼优韵忽然上吐下泻，侯首就把她送去了医院。现在她在医院外盯着，没见他俩出来。"

"原来楼优韵说的有约就是和侯首啊。"史内克的表情不无讽刺。

"毕竟她说她喜欢侯首嘛。"

"真是单纯啊。"史内克"啧"了一声，"从楼优韵看侯首的眼神里能看见喜欢吗？我看侯首看我助理的时候还有点儿猥琐。"

"……你都知道，为什么还要当他的辩护人啊？"

"因为检察官是程素馨，必须一雪前耻。"史内克镇定地看着鉴定人员割开椅背，"而且这所谓的性侵也许是自愿的，谁知道呢？他后来可没骚扰我助理，可是安梓静看上去明明是一副很好欺负的样子。"

"……"

鉴定人员的惊呼让傅真放弃了吐槽。

他往发出惊呼的方向看去，从椅背里落下一具骨架。

傅真觉得脊背有点儿发凉。

"少了头骨啊。"史内克镇定地蹲下身查看这堆骨头，随手拿起一个盆腔骨看了一阵，"的确是女性的骨头。"

"那头骨会在哪里呢……"

"搜卧室。"史内克沉思一阵得出结论，"那里一定也有罪证。"

"……不能吧？枕头哪里塞得下，而且不嫌硌得慌吗？"

接到了史内克指示的搜查员没有理会傅真的疑虑，径直进入卧室，很快便面色苍白地拎着一个头骨出来："我们在抱枕里找到了这个。"

史内克瞥了傅真一眼："走了，等鉴定结果，很有可能是孟萱媛的。"

傅真还是不敢相信自己的眼睛，目瞪口呆地看着地上拼好的人体骨架："那……侯首是凶手？"

"可能性不大。"史内克已对这间屋子完全丧失了兴趣，不等傅真就走了出去，"也可能只是个藏匿尸体的人。"

傅真追了出去:"难不成凶手是楼优韵或孙卡卡?"

"那就要看她们三个关系崩坏后会发生什么有趣的事了。"史内克扶了扶眼镜,"要是她俩足够喜欢石同学的话,那今晚应该会有好戏发生。"

傅真的手机响了,来电显示是邱灵。

史内克靠在汽车副驾驶的椅背上:"怎么了?"

"她说孙卡卡进了医院。"

"什么?"史内克猛地坐直了身子,"让她快点儿跟上去。"

傅真一脸茫然:"怎么了?"

然而电话里邱灵的声音已传了过来:"知道了,前辈,我已进入医院。"

说完通话便被挂断。

"安梓静给我邮箱发了个音频文件。"史内克把手机递给傅真,"你听听。"

傅真听完后一脸凝重。他快速发动了车子往医院开去,"可是就算抓了个现行,她们在狄娴案中还是有不在场证明啊。"

"不在场证明可以是假的,一场骗局而已,不必在意。"史内克的眼镜反射出一片冷光,"我的助手可比你的手下优秀多了。她趁着我们在车里监听石同学的时候去调查了她们宿舍周围。"

"发现什么了吗?"

史内克从手机里翻出一张照片:"一件被绑了石头扔入池塘的衣服。"

"衣服?"

"后来她去调查研究室,发现去年十一期间有氢氟酸大量的使用记录,使用名目是侯首用它做实验写论文。"

"论文?"傅真再一次茫然,"这种强酸很危险啊。"

史内克滑动着手机相册里的照片,那同样是安梓静给他发来的,是一本杂志的文章标题,上面写着《氢氟酸与城市失踪人口》。

傅真惊悚地踩下了刹车,如果不是系着安全带,恐怕此时他已被强大的惯性甩了出去。

"看来你这简单的大脑也想到什么了。"

傅真面色苍白地看着史内克,已经说不出话来。

傅真的耳机里又传来了邱灵的声音:"前辈,侯首也开始上吐下泻了,现在正准备输液。"

"……他们到底在哪吃的晚饭啊?"

"在一个小的烧烤摊,点了好多羊肉串呢。"

"得叫人去那个店里进行卫生检查,太不像话了。"

史内克瞥了他一眼,忍不住插嘴:"侯首应该是被下药了。"

没等傅真回答,邱灵又低呼起来:"孙卡卡出现了!"

"盯牢她!"

史内克侧过头来:"你要先听哪起案件?"

傅真还没想好,他自顾自说了下去:"算了,我从孟萱媛说起吧。"

"啊,对了,刚才鉴定人员简单地鉴定了一下,说那堆骨头是窒息而死的。"

"没错,一年前孟萱媛过完生日回宿舍倒头就睡,被凶手用被子闷死了。"

"可是当时宿舍里有好几个人啊。"

"三人同时作案。"

"什么?"傅真吓了一跳,差点儿没握稳方向盘。

"狄娴、孙卡卡、楼优韵三人同时作案。"史内克重复了一遍,"宿管说她们回去后就没见孟萱媛出来,而三人都是第二天才回家,也就是说孟萱媛极有可能在那段时间就遇害了。如果凶手只有一个人,那她行凶时必然会被其他两个人看见,所以我想的是,三人同时作案,这才是她们对孟萱媛失踪口径一致的最合理解释。"

"那为什么她的骨头会出现在侯首家里?"

"很简单,侯首通过某种方法知道了她们的罪行,并答应帮她们处理尸体。"史内克扯了扯嘴角,处理完后,他把无法处理的东西搬回了家中。

傅真握着方向盘的手抖了一下。

他一边开车一边想象着侯首对孟萱媛的所作所为,忍不住一阵反胃。

"……我都快吐了。"他的脸色越发苍白。

史内克神色如常:"那三个人应该不知道侯首把尸体藏在了哪里,只是因为这件事受到了威胁,不得不委身于他。后来狄娴不堪忍受,痛下了玉石俱焚的决心,于是报警。可孙卡卡和楼优韵知道一旦侯首入狱,去年杀孟萱媛的事必将暴露。她们不想自毁前途,又联手杀了狄娴。"

"可她们有不在场证明。"

史内克瞥了傅真一眼:"狄娴应该在到操场之前就死了。"

"什么?"

"楼优韵和孙卡卡在校外溺死了狄娴,把她扶到操场上,造成那时狄娴还活着的假象。八点半时,她们扶着狄娴的尸体走出操场,孙卡卡穿上了狄娴的外套走入宿舍楼。由于两人身形相似,没有仔细看的宿管通过外套认为这是狄娴。这时真正的狄娴正在被楼优韵从学校外围搬运至学校东门,然后将她扔入河中。穿着狄娴外套的孙卡卡再在九点半出宿舍楼,装作醉酒的样子跌跌撞撞走过宿管窗口,穿过操场,在池塘边处理掉外套,然后去超市买东西。"

"……所以与楼优韵一起离开操场的是狄娴,而独自回宿舍的是孙卡卡?"

史内克往椅背上一靠:"是啊。如果确定人是她们杀的,又确定她们所谓的不在场证明成立的话,那只有狄娴的死亡时间是假的这一种推断了。"

傅真目瞪口呆地点了点头。

"所以我判断狄娴不可能是九点五十至十点之间遇害的,她的遇害时间应该在孙卡卡和楼优韵不在场证明最充分的时间段里。只要想通了这点,就很容易想到身份互换的诡计,再加上我的助理找到的这件证物,所有问题都迎刃而解了。"

"那……她们杀孟萱媛的动机呢?不会就是为了石叁典吧?"

"谁知道呢?"史内克耸耸肩,"这是你的工作。"

现场已被邱灵控制住,她反扭着孙卡卡的胳膊,孙卡卡手里握着注射器。

"前辈!"看见傅真和史内克一道赶来,她拖着孙卡卡迎了上去,"她坐在侯教授身边时想把这东西注入他输液器的滴斗圆管里,幸好被我发现了。"

说完她便挺了挺胸。

"做得好啊。"傅真看见侯首还活着,总算是松了口气。

楼优韵这时才面色惨白地走到孙卡卡身边:"你居然想杀侯老师?"

"你!"孙卡卡气得双眼直瞪她,但话到嘴边却难以说出口。

史内克低笑一声,开始嘲讽:"真是不甘心啊,明明是共犯,但被抓的只有你一个。可这不甘心如果说出了口,犯罪中止不就成了谋杀了?"

孙卡卡扭头瞪他:"什么谋杀,少血口喷人。"

"侯教授,"史内克没有理孙卡卡,反而慢条斯理地跟侯首搭话,"警方在你家里发现了孟萱媛的骨头,你怎么解释?不好好说明白,检察院就会起诉你为杀害孟萱媛的凶手。"

孙卡卡扭头看侯首,手背的青筋已暴了出来。

"你们去了我家?"侯首的脸沉了下来,"以什么名义?非法进入吗?"

"这位警官申请了搜查令,这就不劳你费心了。"

侯首低下了头,似乎在权衡利弊。然而在片刻之后他就交代了一年前的真相。

"九月三十日晚,我想送孟萱媛生日礼物,刚走到她宿舍楼下,就看见一条棉被裹着什么从六楼的窗口砸了下来,我下意识地抬头,刚好看见这三个人的脸。我打开棉被,孟萱媛在那时已经断气了。实际上即便之前没有断气,被

她们从六楼扔下来也是凶多吉少。于是我用公用电话打了楼优韵的手机,告诉她我有办法处理尸体。这是个彻底拥有萱媛的机会,不是吗?连上天都在帮我得到她。"

然后他就用史内克之前所说的方法处理了尸体。

"这一年,每当坐在转椅上,就好像被萱媛从背后拥抱着;每当睡觉时,就好像被她用双眼注视着。这感觉有多美妙你们知道吗?"

他咧嘴笑了起来,眼中充满狂热。

傅真打了个寒战。

孙卡卡终于忍不住,朝他大叫起来:"既然如此,你为什么不肯放过我们?明明这么喜欢孟萱媛,让她的骨头抱着你就好了,为什么还要这么对我们?"

"你说什么?"侯首疑惑地看着她,"身为老师,发现学生杀人当然很心痛,但我也得保护学生。已死的人不可复生,剩下的人应该有未来才对。老师就要对学生的未来负责。"

"你在说什么鬼话!"邱灵几乎脱口而出,不可思议地看着眼前这个看似斯文的人,"杀人就是杀人,任何人都要为自己错误的行为付出代价。那可是条人命啊!"

"那你快把她们抓走吧。"侯首无所谓地笑笑,"我没有杀人。"

"哦?是吗?"史内克讥笑,"我会让检察官重新起诉你性侵罪的,还有这两起命案,你也算是共犯了。"

侯首瞥了孙卡卡和楼优韵一眼,笑得意味深长:"我和她们不一样,医院的精神科会给我出诊断书的。"

"你这种人……"邱灵瞪大了双眼,却不能把他怎么样,只能狠狠地咒骂,"你就在精神病院度过余生吧!"

傅真拍了拍邱灵的肩膀,笑得有些无奈:"把他们带走吧。"

虽然楼优韵已被铐上了手铐,但在傅真和邱灵准备离开时往后退了一步。

邱灵回头要把她拉到身前，楼优韵却冷静地注视着她："说我杀人，有证据吗？"

"什么？"

"证据啊。"她微微扬起下巴，"警察难道可以随便抓人吗？"

"这个嘛……"傅真打着哈哈想要向史内克求助，然而当他四处张望之时，史内克不知什么时候已经悄悄溜走了。

史内克不在事务所里，傅真气急败坏地敲开他的家门，开门的竟然是安梓静。他震惊了两秒，想要闯进去，却被安梓静硬生生拦在门口："傅警官，你这是私闯民宅。"

傅真焦躁地站在门口问她："史内克呢？"

"出……出差去了。"

"出差？"傅真狐疑地透过门缝想要观察里面的情况，但视线每次都被安梓静拦住，"刚刚他还在医院，现在去出差？上哪儿出差啊？"

"在浴室出差。"

史内克的声音从屋里传来，安梓静慌忙从门前让开。

傅真目瞪口呆地在门口看着他拿着杯咖啡悠闲地走到自己面前，身上还穿着浴袍。

"你们两个……在屋子里……干什么……"

傅真觉得自己大脑有点儿短路，而后他又转头去看安梓静，见她衣冠整齐，总算松了口气，"还好还好，没看到什么不该看的事。"

史内克瞥了他一眼，他慌忙从门口闪了进来。

"今天有点儿累，不想动，叫助理来收拾屋子。"

"……原来助理还能这么用。"傅真狐疑地看着他身上的浴袍，"你都不避嫌吗？"

"你大半夜特意跑到我家来就是为了八卦的吗?"史内克不耐烦地把咖啡放到桌上,也没有请他坐下的意思。

"……"

"给你五分钟说正事。"

"楼优韵和孙卡卡杀人的决定性证据呢?"傅真迫切地看着他,"没有证据,即便抓了她们,48小时后还是要放人,就算强行指控,检察院也不会起诉她们的。"

史内克漫不经心地打了个哈欠:"还没认罪啊?"

"没有证据谁认罪啊!"

"傅真,"史内克意味深长地看着他,"知道为什么团伙作案的风险比较大吗?"

审讯室里,正在做笔录的邱灵面对楼优韵有些无精打采:"为什么要杀人?"

"杀人?"楼优韵平静地看着她,"没有杀人啊,我几时杀人了?"

邱灵有些烦躁,毕竟死不认罪的嫌疑犯大有人在,但撬开他们的嘴不是一件容易的事。傅真在旁边倒是不以为意。

在邱灵看来,明明逮捕楼优韵时他还是一副气急败坏的样子,但从史内克家里回来后他的心情居然变得这么好。

谁知道这两个人在家里发生了什么。

她这么想着,瞪了傅真一眼。

"前辈,嫌疑人还在对面呢。"

"啊。"傅真将注意力转到楼优韵身上,"那扔在池塘里的外套怎么解释?"

"都是卡卡一个人做的。"楼优韵说,"去年我也是一回宿舍就睡了,也许被下了安眠药,所以这些命案和我有什么关系呢?"

"你是说孙卡卡穿了狄娴的外套杀了狄娴,然后独自制造不在场证明吗?"

"是啊,大叔。"

"和狄娴一起去操场喝酒是真的吗?"

"是啊,小娴心情不好嘛,谁知道回去后卡卡竟会做出这种事。"

"那与狄娴分开后和你一起在校外走的人是谁?"

"不是说了吗?是和卡卡一起走的。"

"可孙卡卡已经承认了那时她穿着狄娴的外套正往宿舍楼走。"傅真拿出一份按了指印的笔录,"对此你怎么解释?"

楼优韵沉默不语。

"侯首也全部交代了,你保持沉默毫无用处。"

刚才他审讯孙卡卡时告诉她楼优韵打算把所有罪名全部推到她头上,孙卡卡一气之下便全部招供了。

"知道为什么团伙作案的风险比较大吗?"

刚才在史内克家里,史内克这样跟他说:"因为信任一旦消失,之前因为合作而建立的关系就会全部不见,她们之间只有共同的利益,没有情谊。"

楼优韵缓缓吐出一口气,露出自嘲的笑容:"啊,为什么我的运气这么差?"

邱灵一下子皱了眉头,记笔录的笔停了下来。

"本来是想用被子闷死她后我下楼去处理尸体的,谁知道那么晚了侯首出来散什么步啊?"楼优韵"喊"了一声,"要不是他,我们现在可能这么惨吗?"

傅真把一杯茶递到正要发作的邱灵面前,继续问她:"为什么要杀人?"

"本来只是想作弄一下她嘛,谁知道这么快就死了。"楼优韵无所谓地抠着指甲,"那个醉鬼一回宿舍就睡着了,还打鼾,害得我们都无法入睡。真是的,要是石叁典知道她睡觉打鼾还会喜欢她?我们越想越气,就用被子去闷了她。她挣扎的样子也蛮好玩的,本来还想玩久一点儿,居然这么快就死了,我也不想的啊,处理尸体很麻烦的,被发现的话我们的人生就完了。这个死女人,不但抢了校草,还毁了我们的人生。"

邱灵忍不住拍案而起："你这个家伙，把人命当作什么啊？"

"人命？不就那回事嘛。我说我也是条人命啊，你这么在意的话，把我放了，怎么样？"

邱灵瞠目结舌，竟不知该如何接话了。

"然后侯首就胁迫我们三个当作他泄欲的工具，我们如果反抗，他就要报警。这种日子过了一年，狄娴那个蠢货再也无法忍受，说要报警，并且说要自首。开什么玩笑，她自首不就要把我们一起拖下水，那我们隐忍的一年不就白费了？而且我们为什么要跟她一起完蛋啊？于是我就跟她说可以先不自首，我和卡卡一起替她做证，运气好的话不但可以结束噩梦，杀孟萱媛的事也可能不被发现，我们还能顺利毕业。她居然天真地相信了。哈，这么笨的人就不要浪费粮食了，她也不想想如果侯首那老变态因她入狱，可能对去年的命案保持缄默吗？"

傅真神情复杂："所以你就杀了她？"

"对啊，借着把她约出来喝酒的机会，在宿舍外面的河里溺死了她。正好那条河跟学校的河是相通的，你们警察根本查不出来。"

"那你现在后悔吗？"

"后悔。"楼优韵遗憾地叹了口气，"如果去年把侯首一起杀了就好了。"

史内克喝着安梓静泡的咖啡，一手搭在沙发靠背上，听完傅真的讲述后问："邱小姐居然没有暴走？"

"我差点儿就冲上去揍她了，可是想到里面有监控就忍住了。"邱灵气愤地握紧了双拳，"怎么会有这种人啊？杀了这么多人还不知悔改，居然还后悔少杀了一个人。"

傅真不无感慨："后来我把梓静录音笔里的内容放给她听，她居然笑着说'石叁典又喜欢孙卡卡了？他果然还是喜欢蠢货'。"

"真是太让人生气了！"

史内克不以为意："为了一点儿小事杀人，现在的大学生确实做得出来啊。"

安梓静点头："后来她们决定去杀侯首就是因为石叁典的出现吧。那时楼优韵察觉到我们在怀疑她，就只当了引侯首上钩的诱饵，而让孙卡卡去实施犯罪，这样她有一定的概率可以置身事外。"

"撇开别的不谈，我挺欣赏楼优韵的智商的。"史内克别有深意地看了傅真一眼，"比某些人强多了。"

"阿克你在说什么啊？"

"这称呼真恶心。"

一直坐在一边默不作声的男生此时突然站起身来，朝史内克深深鞠了一躬："多亏了史内克先生，萱媛她才能……才能……"

说着他便哽咽起来。

"拿着你女朋友的遗骨回去吧。说起来幸好孙卡卡喜欢你，不然你那像诗朗诵一样的表演大概骗不了人。"史内克瞥了他一眼，"如果那天坐在你对面的人是楼优韵，能不能这么快就抓到她们还不好说。"

石叁典擦了擦眼泪，尴尬地笑了起来。

"所长，明天还要起诉诋毁您的报社。"安梓静把一张早报放到史内克面前，"不过这家报社发表道歉声明了。"

"真是识时务啊，那就饶了他们吧。"史内克从眼镜盒里取出金丝边眼镜戴上，"侯首性侵案后我的委托越发多了起来，这种小事根本不用放在心上。"

傅真嘟哝："明明之前在意得要命。"

史内克投给他一记冷厉的目光，但没有接他的话，走到电脑边从抽屉里拿出一个精致木盒来，看起来里面的东西相当贵重。

傅真双眼一亮："这是给我的吗？"

史内克没有理他，把盒子推到安梓静面前，难得地露出微笑："打开看看。"

实际上在她看到木盒上的"PINKSANDS"字样时已万分激动，在得到史内克指示的一瞬，她迫不及待地打开盒子，一支粉色金尖钢笔出现在她眼前。

邱灵惊奇地看着她："激动得哭了啊。"

"这……这是写乐限定钢笔啊，所长，很难买的啊，而且又贵。"安梓静把钢笔紧紧握在手里，万分期待地看向史内克，"真的是给我的吗？"

"这次你找到很多线索，算是奖励。"史内克毫不在意地靠在沙发上，"正好有朋友去日本，就让他找了带回来了。不小心看到了你淘宝的购物车，这东西躺里面很久了吧？"

邱灵立马转向傅真："前辈，我在上一个案件里差点儿牺牲，孙卡卡也是我抓的哦。"

傅真一口咖啡呛到了喉咙里。

"在Givenchy（纪梵希）的包包里我最喜欢mini pandora（迷你潘多拉）了！"

"时间不早了，我们还要去检察院交案件资料呢。"傅真干笑着起身，溜向事务所门口，对史内克挥了挥手，"那改天再找你喝一杯吧。"

"前辈，我明天能收到mini pandora吗？"邱灵机敏地跟了上去。

"这个嘛……"傅真挠了挠后脑勺，哈哈笑了两声，立即转移了话题。

"太不像话了，前辈！我都想辞职来事务所应聘了！"

"给给给，到底是谁不像话啊？"

装作没有听出傅真的无奈，邱灵顿时喜笑颜开："顿时又有工作的动力了呢。"

"……你哪天没有？"

两人的声音越来越远，史内克揉了揉眉心，抬头问安梓静："有一件事我挺在意的。你说三个人追一个失恋的男生，每个人追到的概率是30%。这个结论你是怎么得出来的？"

"我是看一些公众号推荐的心灵鸡汤，说如果倒追一个失恋的男生，追到的概率很大。我认为概率很大指的就是90%，三个人同时追除以三就可以了。"

安梓静如实回答。

史内克忽然说不出话来。

"所长，怎么了？"

"……把这些公众号全部取关。"

"好的，所长。"安梓静甚至都没有问原因便应了下来。

史内克这才放心地重新把办公桌上的报纸拿起来阅读。

罗城门

  殷宁在酒店里待得有点儿无聊，打开通讯录，翻到了古田的名字，便给他打了个电话："大导演，你们的戏拍完没啊？"

  中年男人的声音从手机里传来："今天准备收工了，你的几场戏准备什么时候拍？"

  "急什么，我这不是身体不好吗？"殷宁陷在沙发里吃着助理送来的水果，"而且你不是说我的戏全都交给替身演，只要拍我几个面部表情就行了吗？"

  古田沉默了几秒，终于忍不住说："阿宁，你这样是不行的，我们是在拍戏。"

  "那我不演了。"殷宁有点儿恼火，"我不演，你的男一号也得换人。"

  "你们都是签了合同的。"

  "那又怎么样？你收工以后在酒店门口等我，不来的话可别后悔。"殷宁说完便挂了电话，瞥了眼桌上放着的一沓照片，哼着小曲跑卫生间洗头去了。

  拍摄现场，古田异常无语地看着被挂断的手机。

  整个剧组刚刚收工，演女二号的江隐扎起了披下的头发："她什么时候来对戏？"

  古田尴尬地干笑几声，江隐显然有些不高兴："导演，我不能总是对着空气演戏。尤其这里我是要和女主角撕扯的，她不来，你让我撕谁去？"

  "江隐啊，这件事是我对不住你……"

  古田没说下去，目光投向刚披上外套的男主角方文良。

江隐又抱怨了一句:"她不是文良的女友吗,怎么连和文良对戏也不肯?"

方文良也是一脸歉意:"她任性惯了,不好意思啊。"

江隐撇了撇嘴,偷眼瞟了方文良一眼,又立即把视线移开。

方文良看了眼手表,指针刚刚指向九点:"现在还早,要不我请你吃夜宵吧。"

江隐当即点头答应,方文良又问古田:"导演,一起吗?"

"我要赶回酒店,还有点儿事。"

方文良又邀请了剧组别的工作人员,但工作人员都心领神会地瞥了江隐一眼,纷纷推辞。方文良耸了耸肩:"走吧,看来就我们两个人了。"

晚上九点半,殷宁才换了衣服袅袅婷婷地去了酒店一楼,古田在十五分钟前就给她发消息说在酒店外等她了。她在大堂里再一次拿出镜子,把脸的两侧照全了之后才继续往外走去。大堂的沙发上还坐着几个客人,其中有一个女孩子特别显眼。

殷宁多看了她一眼,总觉得有点儿眼熟。

女孩穿着白色卫衣和蓝黑色牛仔窄腿裤,看不出是什么牌子,但是殷宁一眼就认出了她脚上的板鞋。这可是缪缪的新款板鞋,她曾经也想买一双,但是既然看见了同款,殷宁不得不放弃拍完戏后回去买这双鞋的念头。

殷宁突然想起来这是谁了,似乎是方文良的粉丝。她每次和方文良出机场时,总能看见她举块牌子带着粉丝团接机。尽管如此,她还是不知道女孩子的名字。

殷宁撇了撇嘴,觉得自己竟与粉丝喜欢同一款鞋,着实丢人。

然而女孩在不经意间转了头,同样看到了自己。殷宁觉得有些尴尬,慌忙把视线收回,在女孩的注视下往外面走去。

一个多月前。

史内克喝了口咖啡,觉得安梓静今天有点儿心不在焉。因为今天安梓静竟在他的咖啡里放了牛奶,这是从未有过的失误。而且她泡完咖啡后就一言不发地坐到电脑前,专心致志地刷起了微博。虽然没活的时候的确可以这么放纵,但安梓静从前都是靠看书打发时间的,毕竟是大四学生,毕业答辩分分钟就在眼前。

安梓静成为网瘾少女还是从上个月开始的。

一个月前的某一天,她的电脑桌面突然换成了一个他不认识的男人的照片。

史内克瞟了她一眼,开始处理电子邮件,而后右下角突然弹出来一个弹窗:当红小生方文良被曝光是同性恋。新闻旁配的照片就是安梓静电脑桌面上的男人。

史内克"啧"了一声,发现安梓静盯着电脑的神情更专注了。

一个星期后,史内克喝的清咖直接变成了奶咖,他觉得有必要跟自己的助理好好谈谈。谁知才打算把安梓静叫到桌前,她就先开了口:"所长,其实我之前一直有给你放牛奶,因为放了一滴牛奶的咖啡口感比较好。"

史内克低头看着眼前的奶咖默不作声。

"今天我手滑了。"

"状态不好?"

"我失恋了。"

史内克语塞片刻:"你什么时候有的男友?"

"方文良有女朋友了。"说这话时安梓静的声音一如既往地轻,但她眼皮下垂,表情僵硬,当真是一副男朋友被人抢走的神态。

史内克一时无言以对。

托安梓静的福,史内克不得不知道方文良是谁。演艺圈当红一线明星,一个多月前靠古装电视剧《狐痕》一炮走红,圈粉无数,但好景不长,一个星期前被人爆料出是同性恋,并且放出了不少证据。他遭到了极大的非议,越来越多的照片在全网散播，攻击他的人也多了起来。由于形象不佳，广告代言都被撤了好几个。

鬼都知道这次突然爆出个女友是来救场的。

但安梓静就是不高兴了，史内克都能看见她的黑眼圈。

烤肉店里，服务员端上一盘盘大片的生肉，桌上铁板冒着热气。傅真有些激动地搓着双手，紧紧盯着铁板上的肉："你难得请客，一定要大吃一顿才行。"

史内克毫不客气地将烤好的肉全部夹入自己碗内，想了想，又挑了最小的一片扔到傅真碗里。傅真不但不生气，还开心地调起了蘸料。

这次请客自然是想让傅真解答方文良的问题，因为在史内克的逻辑里，为了一个明星熬黑眼圈实在是一件不可思议的事。

"你对这个小妹妹关心得有点儿过头了啊。"傅真调笑，"以前就算是你的女友，你也没有像今天这样费心思的。喂，不会是你想换口味了吧？"

傅真对着史内克挤眉弄眼，让史内克很想夹起火炭扔到他脸上。

"你这副表情，不会让我说中了吧？"

"傅真，"史内克不耐烦地放下筷子，"你是不是不记得安陵北了？"

傅真恍然大悟："你还一直记得你唯一打输的那场官司啊！"

史内克开始思考该如何把火炭扔到傅真脸上才能使自己免责。

十二年前，安梓静的哥哥安陵北成为一起命案的嫌疑人，没有律师肯接这个案子。当时的史内克刚刚大学毕业，应聘入了一家律师事务所。安陵北是他的小学同学，他觉得自己有必要替他辩护。虽然这是他接下的第一件辩护案，但他不是第一次接触刑事案件，更何况在学校的辩论赛上他从来没有失败的经历。于是，他自信满满地上了法庭，最后还是输给了检察官新秀程素馨。在人证物证的强压下，安陵北被判死刑，立即执行。

"因为安梓静是安陵北的妹妹，所以你才让她当你的助理？"

"不,是因为她说不要实习工资。"

"……"

"所以方文良有女友的消息是真的?"

"……我不是八卦记者啊!"

"你不能查开房记录吗?"

"拜托,现在谁开房还正儿八经地登记两张身份证啊,装作去找人不就好了?"

史内克换了个话题:"好了,言归正传,那个传闻中的女友是谁?"

"是个不成器的女明星。"

"不是美女?"

"脸还可以,但是因为没什么演技,脾气又大,刚出道也不算大红大紫,几个导演用了几次就不想用她了。"

史内克翻着铁板上的肉片一言不发。

"你在想什么?"

"你说是方文良有女友对安梓静的打击大,还是他是同性恋对她的打击比较大?"

傅真想了想,认真地回答:"大概是有女友吧。"

史内克忽然起身,把傅真吓了一跳:"你干吗去?"

"结账,吃不下去了。"

清晨,安梓静照例提前十五分钟到了律师事务所,罕见的是,史内克已经坐在那里看报纸了。安梓静有些惊讶,盯着史内克看了好一会儿,似乎是怀疑自己出现了幻觉。史内克放下报纸,问呆若木鸡的女生:"方文良是不是接了部新戏叫《冬日叙事曲》?"

听见"方文良"三个字,安梓静立刻从灵魂出窍状态回过神,双颊泛出激动的红晕。她紧紧盯着史内克,双手忍不住攥紧了牛仔连衣裙:"所……所长,你……你怎么……"

"剧组请我去当法律顾问,导演好像遇到什么麻烦了。"

安梓静霍然睁大了双眼,脸上表情瞬息万变。忽然间她用双手捂住了嘴,一路小跑冲入事务所里间,"砰"地关上了门。

史内克看着自己桌上的空咖啡杯,忍不住叹了口气。就在他准备自己动手泡咖啡的时候,安梓静忽然又从里间跑了出来:"所……所长,我刚才给您买了意大利手工咖啡壶,煮出的咖啡比滴漏式的更香。所以我们什么时候去涡州?"

涡州市就是《冬日叙事曲》的拍摄地点。

安梓静双眼满含期待地看着自己老板,整个人蠢蠢欲动。

"……处理一下文件,下午去吧。"

"那我让门卫代收一下快递!"

说完这句,安梓静顺手拿过史内克的咖啡杯,步伐都轻盈起来。

史内克和安梓静在当天晚饭前到了剧组入住的酒店,门口只有导演古田在等他们。史内克环顾四周,皱起了眉头。

古田见他如此,也不知是哪怠慢了他,不由得诚惶诚恐。

史内克推了推金丝边眼镜,说出了不满:"我还以为方文良会站在这里亲自欢迎我。"

古田愣了愣,随即赔笑:"你还好这一口啊。"

史内克斜了他一眼:"古田。"

古田听见他叫自己名字,几乎是下意识地挺直了背脊应了一声。安梓静见状,惊奇地瞪大了双眼。她原本以为只有傅真会这样,现在看来是她太小看所长大人了。

史内克不会知道安梓静此刻丰富的内心戏，对着古田冷笑："你叫我这个刑事律师过来，不会是想让我起草你和演员的合同吧？"

古田掏出一块薄荷绿印花手帕擦了擦汗。

"你如果牵扯到了刑事案件想让我帮你想办法，我不会因为你是我老同学而打折的。"史内克的目光落在这块手帕上，"连手帕都用限量版的，律师费至少六位数。"

古田被他说得吓了一跳，忙不迭把他拉到一边，确认周围没人后正要与史内克说正事，猛地看见站在史内克旁边的安梓静，又立马闭上了嘴。

"这是我助理，我现在没女友。我是来工作的，不是来度假的。"史内克一眼看穿了古田的内心，又递给他一张发票，"这是我开车到这里的油钱，当然，回去肯定也要加一次油。"

古田一边嘟哝着"我就说你怎么喜欢小女生了"，一边把发票塞入上衣口袋。

史内克依然注视着他。古田招架不住这种逼视，又把他往角落里拉了拉，再度确认周围没人，这才压低声音说："老实说，是发生了一些麻烦的事情，我们的女主演不按合同走……"

"可以起诉。"

古田说话吞吞吐吐："是这样的，如果起诉了女主演的话，大概男主演也要毁约了，我们的观众可就盯着男主演呢。"

"女主演和男主演是捆绑的？"

"是啊，文良说凡是他演男主角的戏，就必须由殷宁来演女主角，不然他就不接。"

"这么猖狂，你们为什么不封杀他？"

"因为流量可观嘛，现在还不是都靠收视率说话。"

"说说情况吧。"

"事情是这样的，我们的女主角总是不按时到片场，还总是说要用替身。

虽然说替身比较省钱，但效果太差了，为这件事我的其他演员意见很大。而且主要是她不拍戏还待在酒店里。我们可是按天数签的合同，她待一天就要算一天的片酬，每天高兴了过来拍几个面部表情特写镜头，不高兴就在房里躺一天。老史啊，你有什么办法可以威慑她一下？"

史内克立刻接话："如果威慑成功，和你减少的损失比起来，六位数的律师费不算什么吧？"

古田一时语塞，但他见史内克不像开玩笑，忙说："是是是。"

"行了，我明早告诉你。"

没有给古田任何反应的余地，史内克走向了酒店的电梯。

安梓静愣了愣，回头问古田："我们住哪里？"

"哦，哦，八楼。"古田这才如梦初醒地把两张房卡递给安梓静，"8803，8805，两间大床房。"

安梓静接过房卡便往史内克的方向追去。

第二天一早，安梓静哈欠连连，在酒店餐厅端早饭去座位上时险些撞到别的客人。史内克拿了杯咖啡坐下："怎么，昨天没睡好？"

古田取笑："小姑娘认床？"

"昨天晚上隔壁不知谁在看《狐痕》，看到半夜，而且电视声音调得好大。"

"看来酒店的隔音效果不大好啊。"

一个耳熟的声音在安梓静身边响起，安梓静转过头去，看见方文良在自己身边拖椅子，吓得她立刻从椅子上弹了起来。见她如此，方文良轻笑一声，随手剥了个鸡蛋放在她的盘子里。

"文……文……文……文文良哥……"安梓静觉得自己身处梦中，脸"唰"地通红。

古田忍不住笑出了声。

史内克也没有表现得多意外，只问了一句："你们明星也亲自下来吃饭吗？"

"我们也是普通人啊，不吃饭怎么行？"

"万一被粉丝看见引起骚动怎么办？"史内克说话时都不看他一眼，"我以为你们都是叫助理把早餐送到你们的房里。"

"啊，古导说有客人，我当然要下来。"方文良侧头对史内克笑了笑，"听说你想要我过来欢迎你。"

史内克斜了古田一眼，古田默默喝着粥装作什么都不知道。

安梓静不知所措地看着方文良给她剥好的鸡蛋，他和史内克的你来我往全没有听进去。

"难得方文良先生剥了鸡蛋，我来拍张照吧。"史内克慢悠悠地从口袋里掏出手机，"方文良先生方便和我的助理合张影吗？"

方文良爽快地应下，靠近了手不知往哪里摆的安梓静，顺便把剥了壳的鸡蛋拈在手里。

"真……真……真的可以吗？"

安梓静还在质疑的时候史内克已经按下了快门。

"哦？传闻中我是什么样的？"

"据说有点儿不近人情。"

史内克深深看了古田一眼，古田心虚地又喝了一口白粥。

"还有什么别的传闻吗？"

"说出来史律师会生气哦。"方文良瞟了古田一眼，笑得促狭。

"放心。"

"据说为了钱，什么案子都肯接。"

"以后古田的案子不管开价多少我都不接。"

史内克发表完宣言后，安梓静把这些一字不落地记入笔记本中。

"哎呀，我这不是害惨古导了？"方文良对着古田扬了扬眉毛，"导演不会封杀我吧?"

"吃饭吃饭,看热闹不嫌事大,看我不……"古田咳了一声,"一会儿还得去给殷宁请安呢,折腾起来有你哭的。"

史内克看了看古田,又看了看方文良:"方文良先生,有个问题冒昧地问一下。"

没等方文良回应,史内克已经问出了口:"听说殷宁是你的女友?"

方文良与古田对视一眼,目光又疑惑地落在史内克脸上:"是,是啊,已经公开了。"

"那女朋友太不称职了。"史内克的嘴努了努,"扣子掉了也不帮你缝。"

方文良迅速看了眼自己的袖口,当真有一颗扣子没有了。他一时有些尴尬:"真是不小心,居然连这个都没有注意到。"

安梓静忽然起身:"我……我会缝扣子,我来帮您缝吧!"

"这怎么行,你是古导的朋友,我可以叫助理……"

"没关系,你让她缝吧。"史内克忽然搭腔,"她是你的粉丝。"

安梓静感激地看了史内克一眼。她刚从随身带的包里拿出针线包,就听见一声尖叫,一名女孩还没来得及拿早饭就奔向他们这,强行挤开安梓静,激动地握住方文良的手:"良良,我可以和你合影吗?"

方文良表情僵硬,但又不好发作,倒是古田皱了皱眉头:"小姑娘,又是你啊。"

安梓静也有点儿蒙,这是她生平第一次目睹这种追星方式。

"良良你知道吗,我是你的粉丝,可喜欢你了!"女孩说着娴熟地掏出手机对着两人一连自拍了好几张,"你有没有考虑过要换一个女朋友?"

现场气氛一下子僵住,安梓静的眼神越来越可怕。

"我叫钟未砚,你考虑下我呗。"女孩说着硬是往方文良手里塞了张字条,上面写着她的微信号,"不如加一下我的微信?"

钟未砚目光灼灼地盯着方文良，手机已经准备好了。史内克放下咖啡杯："安梓静，保安在餐厅门口。"

安梓静反应极快，迅速起了身。钟未砚回头狠狠地瞪了史内克一眼，不甘心地离开了。

这次轮到方文良用感激的目光看向史内克。

史内克看着杯子里剩下的咖啡，面无表情地说道："针是用来缝扣子的，不是用来扎人的。"

安梓静弱弱地说了句"对不起"，重新穿起了线。

古田忙打圆场："哎呀，你也别怪小姑娘嘛，刚刚那个人确实太不像话，她已经骚扰过文良很多次了，前几次都被工作人员拦了下来才没得手。其实我们剧组本来想包六、八、九三层楼的，但是八楼突然有一间房被人订了，我这才改订六、七、九三层楼。在八楼开房的就是刚才那个人，几乎是在我登记第一张剧组工作人员身份证的时候同时订下的，也不知道剧组行程被谁给泄露了出去。"

安梓静说："有些粉丝连私人行程都能打听到，真是太过分了。"

古田叹了口气，瞥了眼手表，转头对方文良苦笑："八点半了，你要不要去叫下你家大小姐？"

方文良用纸巾擦了擦嘴，从座位上站起，对安梓静歉意一笑："我先失陪了。"

确认方文良走出餐厅，史内克才说道："今天你们开工得这么晚？"

"这不是在等你的威慑意见吗？"古田小心赔着笑脸。

"你的心也真大，竟选在餐厅里讨论这种事情。"

两人闲聊了一会儿，一直不见方文良回来。安梓静担心地看了眼手表："文良哥上去已经有十分钟了……"

"是啊，我打个电话给他。"古田直接在通话页里输入了方文良的号码，过了好久电话才接通，"文良啊，你家大小姐今天出来吗？"

那边似乎没有回应，古田皱了皱眉头："文良？"

"古……古田……"方文良颤抖的声音从手机里传来，"殷宁她……死了……"

也许是方文良被吓蒙了，等史内克赶到现场的时候都没有惊动到酒店工作人员。方文良瘫坐在房间入口，他的身后站着的是扶着墙才能勉强站住的殷宁助理。

殷宁身着白色连衣裙倒在窗边，脚上是一双黑色高筒靴，身上还披着驼色大衣。一把水果刀正中她的胸口，血染红了地毯。

史内克没有进屋，只粗粗扫了一眼现场："安梓静，报警吧。"

话音刚落，刚才还站在他身后的少女一下子倒了下去。

晕厥中的安梓静是被隔壁的音乐吵醒的。

她才睁开眼睛，瞬间看见方文良坐在床边，吓得她一下子从床上坐了起来。方文良伸手按住她："史律师让你好好休息。"

安梓静被强行按躺了下去，她的双手在被子里不知所措地绞在一起。

"你这么怕血还去做刑事律师的助理？"

"所长……都告诉你了啊。"

"也不是什么丢人的事。"方文良不好意思地挠了挠后脑勺，"我看见殷宁尸体的时候也吓傻了，连手机都不知道拿出来。"

安梓静最惧怕血腥味，初见傅真时因为闻到了他身上浓郁的血腥味而不敢与他讲话，在上一个案子中饶是咬紧了牙关才没有让自己晕过去。但是刚才在毫无防备的状态下一下子看见这么大一摊血，又是一股浓郁的血腥气扑面而来，她才会突然晕倒在现场。

"所长自己报警了吗？"

"呃……"方文良笑得为难,"别胡思乱想了,先休息吧。"

他说着把一杯水放到了安梓静的床头:"我就不打扰你了。"

没等安梓静回应,方文良便从她的房里退了出去。

让方文良抱安梓静回房后,史内克刚准备报警,就被古田拦了下来。史内克狐疑地看着他,古田央求道:"能不能不要报警?"

"不报警等着尸体发臭?"

"警察的动静太大了,我不想影响剧组拍摄。"

"你的女主角已经死了,还不影响拍摄?"

"可以先拍别人的嘛,等物色到了新女主再抠图进去。"

"这部剧已经在我的黑名单里了。"史内克手机依然拿在手里,"不报警你打算怎么处理?私自把尸体扔了?要扔你自己扔,别拖我下水。"

"能不能……偷偷地查出凶手?"

"案件难度太大了,我要二十万。"史内克神色自若地开口,"而且你得保证酒店工作人员不进入这一层,以及别人不会被这血腥味吸引。"

他说着便戴上了橡胶手套进入现场:"你让安梓静给傅真打个电话,我看下尸体。"

古田还想问傅真是谁,但见史内克已经半跪在了殷宁身边,只好作罢。

毫无疑问,致命伤是胸口水果刀造成的,史内克凑近看了一眼,这一刀正好插在心口。一盘水果还放在床头柜上,橙子尚未切开,动的只是旁边的几个小番茄。地上除了干涸的血迹,连一根头发丝也没有,地毯上还有少量的血丝,像是清理时不留神带出来的。

奇怪的是在客房里只有一双穿过的一次性拖鞋,而在垃圾桶里,史内克却发现了两个拖鞋塑封袋。

他又走入淋浴房,下水道口还卷着一撮头发,毛巾散乱地扔在地上,浸满了水，和外面比起来根本就是两个世界。

"从僵硬程度看，死者死了八个小时以上，初步推算是昨晚十一点前死的。"史内克回头看着在门口瑟瑟发抖的剧组人员，"你们有什么关于昨晚的线索吗？"

"我们昨天九点收工，但是殷宁没有来拍戏。"方文良从八楼下来回答，"收工后我和江隐吃夜宵去了，大概晚上十点才回到酒店，从大堂到房间的时间应该是差不多五分钟。"

史内克点头记下："江隐是？"

一名扎着马尾辫的女性从旁边走了出来："是我。"

"然后你们都在房间里没出来？"

江隐和方文良都点了点头。

史内克又追问："也没听到什么声音？"

方文良否认："没有听到声音啊。"

史内克关上殷宁的房门，看了眼门牌号，8703，方文良就住在她旁边的8705，江隐在8701。他颇是玩味地笑了笑："方文良先生竟没有和殷宁住一起？"

方文良笑得尴尬："影响……不大好吧？"

"也是，隔音这么差。"

史内克说完便不管方文良脸上瞬息万变的表情，再次对着关上的房门陷入了沉思，以致于都没有注意到安梓静从八楼跑了下来。

"所长。"

安梓静着急地叫了他一声，他似乎没有听见，一转身又问方文良："殷宁对面的8704住的是谁？"

"是我。"殷宁的助理回答。

"你的行程呢？"

"我一直在房里给殷宁姐安排接下来的行程……"

"一天都在房里？"

"殷宁姐有很多衣服要洗。"

史内克再度陷入了沉思。

安梓静小心翼翼地问："所……所长，我不用帮你洗衣服吧？"

史内克装作什么都没听见，再度问殷宁的助理："你有听见什么动静吗？"

"晚上我在帮她洗衣服，浴室里放着水，大概有声音也听不见吧。"

"古田。"

听见史内克叫自己，古田的背立马挺了起来："我住在九楼，8903，昨天收工后我就回来了。"

"行了行了。"史内克不耐烦地挥挥手，才准备回房整理线索，一转身整个人僵在原地。

安梓静躲躲闪闪地缩到了古田身后，古田不知所措地看向两个人看着的方向。

一个女人从走廊一头走来。她穿着灰色风衣，脚上是一双卡其色平跟长筒靴，头发盘在头顶，身后还跟着一众年轻的男人。

随着她的走近，史内克的脸色越来越难看。

女人在史内克面前站定，双手插在风衣口袋里，神态自若地瞥了他一眼："史大律师今天怎么有兴致跑来我市？来都来了，也不通知我一声，还把不把我当朋友？"

"唐副局长亲自来到现场，这死者还真是荣幸啊。"

"傅真打电话来告诉我说这儿有起命案，而且史大律师正在处理，我怎么可以不出面？"女人说话的时候她的疑似小弟们已迅速封锁完现场，把闲杂人等全部赶到了警戒线之外。女人满意地扫了现场一眼，"要是现场被外行人破坏了就不好了。"

古田目瞪口呆地看着这一切，忍不住小声问躲在自己身后的安梓静："这是谁？"

安梓静一直惶恐不安地盯着史内克，被古田一问，这才回过神来，小声回答："这儿的公安局副局长，唐飞花。"

古田的脸色瞬间比史内克还难看。

"史大律师，涡州市虽然只是个三线城市，比不上贵市繁华，但好歹我们警方办案不需要协助。"唐飞花满含笑意地看着史内克，又往他身前走近了几步，微微踮起脚附在他耳边说，"在我的手下面前，给我个面子呗。"

史内克双唇抿成一线，冷哼一声从唐飞花身边走开。

安梓静跟了上去。

"傅真呢？"

安梓静低头不敢看他的眼睛，哆哆嗦嗦地回答："我打了傅警官的手机，但说到一半他的手机就被邱灵抢走了。邱灵说发生了命案怎么可以不报警，然后就把电话挂了。"

看来邱灵挂了电话之后直接用傅真的手机打给了唐飞花，顺口提了史内克就在现场。

史内克气急败坏地掏出手机，把傅真拉入了黑名单。

"对……对不起。"安梓静慌忙道歉。

古田被唐飞花叫去问话了，史内克和安梓静现在就像是多余的两个人。

"那……所长，我们现在……要回去吗？"

史内克在电梯里按了八楼的按钮："古田给我们的房间订到周日，今天才周五。"

"好的，所长。"

由于警方的介入，剧组所有工作人员都被要求在自己房里待命，但在古田的请求下，唐飞花调查得很低调，竟一个记者都没有引来。

安梓静在自己的房里心神不宁，想要出去透透气。她刚刚走出8803，就看见钟未砚从8801里闪了出来。安梓静觉得有些奇怪，跟着她跑入了电梯。钟未砚看见安梓静，眼疾手快地按下关闭电梯的按钮，但是安梓静已经一步冲入了电梯。

钟未砚白了她一眼，按下了七楼的按键。

8703门口有两名看守现场的警察，房里警察们正在取证。

钟未砚对这些警察视而不见，昂首挺胸地从8703门口走过，警察们看了她一眼，竟没有阻拦。安梓静疑窦丛生，向8703走去。守门警察的目光锁定在她身上，安梓静不得不停了下来。

这一层电梯的灯再度亮了起来，唐飞花从里面走出，看见止步不前的安梓静。唐飞花向安梓静走了过去："你是史律师的助理？"

安梓静退后一步，和她拉开距离，表情有些僵硬："我是他的助理。"

唐飞花侧头摘下盘头发的皮筋，一头红棕色大波浪长发散了下来："史律师在哪里？我有事找他。"

安梓静警觉地盯着她："什么事？我来转达就好了。"

"私事。"唐飞花勾了勾嘴角，突然露出玩味的笑容，"史律师追过我哦。"

"你都42岁了，要不要脸？"安梓静答得迅速，丝毫不甘示弱。

唐飞花扬了扬眉毛，满不在乎，倒是有些吃惊："你连这都看出来了？"

"所长说的。"安梓静一脸冷静，"你找他到底什么事？"

"史律师不是喜欢嚼舌根的人，你是不是认识我？"

安梓静撇了撇嘴："没什么事的话我就回去了，见所长要找我预约。"

唐飞花看着安梓静的背影笑笑，从名片夹里掏出了史内克的名片。

唐飞花走到酒店旁边的咖啡厅门口，谨慎地确认周围没有人才推门走了进去。史内克坐在角落里看报纸，桌上已经点好了两杯咖啡。他面前的是美式清咖，对面放了一杯摩卡。唐飞花顺势坐了下去:"被人记住喜好的感觉真好。"

史内克放下报纸,从眼镜盒里拿出金丝边眼镜:"在七楼的事安梓静都告诉我了。"

"哎呀,你不会怪我吧?"

"下次还是找她预约比较好。"

"我觉得她对我怀有敌意,女人的直觉。"唐飞花喝了口咖啡,"女人之间的战争,男人还是不要掺和比较好。"

史内克没有理会她,直接切入主题:"你希望我暗中帮你调查案件?"

"不愧是史律师。"

"五万。"

唐飞花抬眼瞟了他一眼:"看在我们交情的分上,打个折呗。"

"这比我的诉讼费低。"史内克接上了她的目光,"当然是看在你的面子上。"

"行吧,成交。"唐飞花递给他一张卡,"密码是你的生日。"

"这么爽快,不怕我跑路?"

"你的话我当然完全信任。"唐飞花的身子往前凑了凑,"有一个小小的要求。"

"我不会告诉你的手下的。"

"这么善解人意,真羡慕你未来的女朋友啊。"

"我也这么觉得。"史内克收了报纸,从座位上站了起来,"好了,说正事,你查出了什么线索?"

"死者除了致命伤外,额头上还有被砸伤的痕迹,伤痕比对是桌上的烟灰缸砸出来的。门铃上发现了一个指纹。"

"指纹是谁的?"

"指纹库里没有,需要采集。"

史内克冷笑:"这种事情让你手下办不就好了。"

"你要知道指纹比对也不是立即就能出结果的。"唐飞花为难地看着他,"帮我分析一下?"

"烟灰缸上有指纹吗?"

"没有,擦干净了。"

"那为什么门铃上的指纹没有擦掉呢?"

唐飞花耸耸肩:"谁知道呢,也许忘了吧。"

"很小的一种可能,但也不是不会发生。"史内克合上笔记本站起来,"我要去确认一件事,先失陪了。"

听说邱灵用自己的手机拨打了唐飞花的手机后,傅真吓得连拨了十次史内克的号码,但十次都是正在通话中。他痛苦地在沙发上抱紧了脑袋。

邱灵在他身边十分不解:"前辈难得休假,干吗还要接那个黑心律师的电话,说好要给我买包包作为上两起案件的奖励的。而且发生命案就报警不是基本常识吗?"

傅真有气无力地瘫在商场的沙发上:"我觉得阿克把我拉黑了。"

"那不正好绝交,前辈应该多和三观正的人交往。"邱灵若无其事地试着当季最新款的连衣裙,"今年好像特别流行薄荷绿,毕竟方文良说他喜欢薄荷绿。"

"……你们这些女孩子就不能换个人念叨吗?"

"前辈嫉妒心这么强是不行的哦。"

"你这话题是怎么跳过来的?"

"前辈不是在嫉妒方文良比你帅吗?"邱灵心情愉悦地把薄荷绿连衣裙放到导购手里,"帮我把这件包起来。"

导购难得见到购物如此爽快的女顾客,笑容都比以往愉悦了许多:"收银台在那里。"

邱灵走到傅真面前，眼巴巴地看着他。

"……你今天要买的东西不是包吗？"

"买了新包怎么能不买新衣服？"邱灵笑容满面。

此时邱灵和导购一起面带微笑地看着傅真，傅真不得不从沙发上站起来，接过单子走向收银台。收银员快速地操作完，把POS（销售终端）机推到傅真手边。傅真心不在焉地输入密码，自言自语道："算了，我还是去涡州一趟吧，不然阿克是不会原谅我的。"

死者身上有两处伤口，江隐、方文良、殷宁助理都称没有听见任何声音。方文良和江隐都是吃完夜宵后回的酒店，助理一天都在房里待命，而古田则是一收工就回房了。

那么额头上被烟灰缸砸的伤是哪里来的呢？

殷宁穿着整齐，甚至穿上了靴子，也不知她是准备出去还是刚刚回来。

史内克看着笔记本上所有的线索，陷入了沉思。

安梓静说："所长，我刚才在殷宁的门口闻到了牛奶味。"

"牛奶？"

"应该是有人在门口洒了牛奶，但是处理干净了。可是牛奶的味道还是残留在了地毯上。"

"先解决指纹的事吧。"史内克盖上了钢笔笔帽，"还有一点很奇怪，唐飞花为什么要我协助调查？"

"因为解决不了案件？"

"她没傅真这么蠢。"

史内克在江隐门前停下，按下了门铃。

江隐从门口探了出来，门链还挂在里面。她一看是史内克，立马把他们请入房内。

"江隐小姐,有件事我要确认下,昨晚你确定自己一直在房间里没出来?"

"我跟文良吃完夜宵后就回来了。"江隐平静地看着他,"什么动静都没有听见。"

"可是在殷宁的门铃上发现了一枚指纹。"

史内克说得平淡,双眼却一直盯着江隐。江隐的背脊微微上挺,嘴角往上翘了翘,似乎想要说什么,史内克又补充道:"你的。"

江隐撩了一下斜刘海,目光投向别处。

史内克露出一丝不易察觉的笑容,随即用手指敲了敲桌子:"解释一下吧,江小姐。"

"我昨晚确实想找她,可是按了门铃,里面没有回应,我就回屋了。"

"大约几点?"

"晚上十点十分左右吧。"

"找她干什么?"

"想劝她第二天和我们一起拍戏,毕竟我们不能总对着空气对台词。"

史内克看了眼正在做记录的安梓静,嘲讽地笑了笑:"听起来很有道理,可是为什么要说谎?"

江隐脸色苍白:"怕引火烧身。被警察叫去问话总不是什么好事,如果再被记者逮到那就麻烦了。"

"你只是去敲了下门?"

"你什么意思?"

"那为什么会没有听见里面的动静呢?"

江隐莫名其妙地看着他:"里面什么动静,我为什么要听见?"

"昨天晚上我助理一夜没有睡好,因为隔壁房间的电视声吵扰她睡觉了。"史内克解释得不疾不徐,"这个酒店的隔音效果很差。"

"所以呢?也许殷宁是在我们回来之前被杀的,因为我按她门铃的时候没人回应呀。"

警方推断出的死亡时间是昨晚九点到十一点，这种可能性的确是存在的。

"你们有谁晚上叫了牛奶吗？"安梓静忽然问道。

江隐眨了眨眼睛，回答得茫然："殷宁的助理每晚都会给她送牛奶，好像殷宁晚上有喝牛奶的习惯。不过这是我的猜测，究竟是不是这样得去问文良。"

安梓静点了点头，史内克的目光锐利起来。

两人走出了江隐的房间，安梓静回头看了眼关好的房门说道："看来那牛奶味来自殷宁的助理，不知出于什么原因没有送到殷宁手上，反而在门口打翻了。"

"是受到了惊吓吧。"史内克冷笑一声，"因为听见了巨响，所以吓得跑回去了？"

两人敲开了助理的房门，助理木讷地站在里面，一时都忘了请他们两个进去。

"不用麻烦了。"史内克先开了口，"我们有几个问题想请教，说完就走。"

助理茫然地点了点头。

"殷宁晚上有喝牛奶的习惯吗？"

助理的眼神缩了一下，正要开口，史内克又说："好了，我知道了，所以你昨晚有给她送牛奶，大约是几点？"

助理惊恐地看着史内克，都不知道该如何讲话。

"牛奶还打翻在了门口。"安梓静淡定地补充。

助理咬紧了嘴唇，正要把门关上，史内克眼疾手快地撑住了房门。

"十点十分左右……我给殷宁姐送牛奶……然后听见里面有争执的声音……和殷宁姐的惨叫……我吓坏了，就把牛奶打翻在了地上。"

"然后逃回了房间？"安梓静把这些迅速记下。

助理咽了口唾沫，小心翼翼地点了点头："我怕警察会认为我进过殷宁姐

的房间。"

"真精彩啊。"史内克整理着新到手的情报,不无嘲讽,"全员撒谎,那么方文良说谎的原因是什么呢?"

安梓静的笔突然停顿下来。

史内克没有注意到她的异常,继续往下说:"助理在门外能够听见争执声和殷宁的惨叫声,那么江隐和方文良应该都能听见——如果那个时候他们都在房里的话。也就是说十点十分殷宁还活着,而江隐和方文良都不在自己的房间里。"

"十点十分江隐的确找过殷宁,门铃上的指纹被您诈出来了。"安梓静辩驳,"那个时候江隐应该已经在殷宁房里了,说不定杀死殷宁的凶手就是她。"

"如果江隐是凶手,她记得擦干净现场所有的指纹,为什么就留下门铃上的?"

"大概……"

"忘了?不,这么重要的事她不会忘,因为烟灰缸她已经擦干净了,连地毯上的脚印都被处理干净了。凶手是个心思缜密的人,不会因为慌乱而忘了门铃上的指纹。"史内克的手机敲击着桌面,"所以殷宁额头上那个伤痕很有可能是江隐造成的,而杀死她的另有其人。"

安梓静咬紧了嘴唇说不出话来。

"而且方文良和殷宁的关系你怎么看?"

"他们的关系很奇怪。"

"如果我的女友敢这么控制我的工作,我早分手了。"

的确太奇怪了,凡是方文良演男主的剧殷宁必须要演女主,不然方文良就不接这部戏。这也就罢了,殷宁每次都不好好演戏,迟到早退是常有的事,但假如导演有任何怨言,她就以带走方文良为要挟让导演妥协。渐渐地,殷宁就有了好几个替身。

古田就身受其害。

安梓静低头轻声说道:"文良哥有不得不和她在一起的理由。"

"方文良有把柄在她手上,这是一种可能。"

安梓静再度咬紧了下唇。

"江隐因为在现场,所以撒谎说没有听见声音,那么方文良没有听见声音的原因又是什么呢?"

安梓静的呼吸越来越重:"可……可是……"

"我要去找唐飞花问一些事。"

"现在吗?"

"我一个人去。"

"所长?"

"你去找方文良聊聊天,机会难得。"

安梓静盯着史内克的表情,骤然握紧了抓在怀里的笔记本。

傅真请了一天假赶往涡州,当天下午赶到了史内克所住的酒店。他上了七楼,看见安梓静站在电梯门口发呆。

突然看见傅真,安梓静不知所措,慌慌张张地往后退了几步。

看见她,傅真忽然想起史内克的话来:"我见过小时候的安梓静,性格和现在判若两人。"

傅真的眼中闪过一丝同情。

十二年前的安梓静虽然话也少,但绝不像现在这么畏缩。以前的安梓静冷静又沉着,虽然那时只有九岁,但目击命案的时候表情都不带变的,更别说闻到血腥味就晕过去了。这转变就发生在安陵北被判死刑之后。她忽然间怕血,忽然间胆小如鼠,忽然间不冷静了。

　　傅真听后又问史内克："所以你想让她恢复以前的样子？"

　　"我好像说过用她不用付工资。"史内克回答得斩钉截铁。

　　傅真正想问安梓静史内克哪里去了，袖子却一把被她扯住。他有些诧异，女生一双眼睛直直看着他："我想看酒店的监控……可以吗？"

　　"那个……"傅真完全不明状况，想给史内克打电话，又想起来自己被他拉黑了，"发生什么事了？"

　　安梓静不回答，就可怜巴巴地望着他。

　　"好好好……"

　　在与酒店人员的交涉中，傅真终于明白发生了什么事，但是酒店工作人员告诉他昨天酒店的监控坏了。

　　"只有电梯的监控可以看。"傅真无奈地告诉安梓静。

　　"没关系。"

　　傅真"咦"了一声，让工作人员把监控调了出来。

　　十点，监控里有殷宁和钟未砚两个人，钟未砚全程都在殷宁身后盯着她。十点零五分电梯停在七楼，殷宁走了出去，钟未砚上了八楼。另一部电梯里，方文良和江隐一起从七楼走了出去。一切都和他们说的一样。

　　安梓静又把监控往前拉了半个小时，在九点四十分古田上了电梯，电梯到达九楼时他便走出。她重新把时间调回了十点零五分，在那之后，电梯里上上下下的都是酒店的其他客人，没有看见剧组有关人员。

　　安梓静的眼中有一丝失望。

　　"怎么了？"傅真凑近监控，"你现在有怀疑的人吗？"

　　"钟未砚居然没有去七楼，太奇怪了，她明明知道文良哥在七楼。"

　　"……"傅真一时无言以对，"你不会是怀疑这个小妹妹吧？她也就和你差不多大。"

　　"《白夜行》看过吗？"

"……"

"小学生都能杀人，我也可以。"

傅真被安梓静忽然散发出的气场吓了一跳："小姑娘，你这思想很危险啊。"

"傅警官，你应该多读点儿书，难怪所长一直嫌弃你。"

"……你什么时候学会了挖苦我？阿克教的吗？"

"所长所学那么高深，我恐怕这辈子都学不会。"

傅真简直没法吐槽。突然间他想到一件事，盯着安梓静的双眼，小心翼翼地试探："那是谁教的？你哥哥吗？"

安梓静的睫毛动了动。

傅真紧张地咽了口口水，似乎觉得这样问不大好，正想着怎么打圆场，安梓静冷不防开口："我没有哥哥。"

唐飞花坐在酒店对面公园的长凳上吹风，史内克在她身边坐了下来。

"你要的通话记录。"

唐飞花递给他一张单子，上面记录了案发当天殷宁的通话情况。史内克的目光往下移，停在了倒数第二行。晚上九点殷宁拨出一通电话，那个号码有点儿眼熟。史内克掏出手机通讯录翻了翻，那正是古田的号码。

最后一行的通话时间是晚上九点五十分，接听方是方文良。

"是古田还是方文良？"唐飞花抬眼看他的表情，"或者是江隐？"

"谁知道呢，这拨人都满口谎言。"

"都有难言之隐啊。"

"你身为副局长，不把他们带回去严刑逼供？"

"那可不行，我五万元都付给你了，你得帮我动脑筋。"

"你的手下没有抓人？"

"没有找到实质性的证据，哪能乱抓啊。"

"那指纹不是比对过了,的确是江隐的。"

"问过了,江隐说殷宁额头上的伤口是她造成的,但是胸口那刀不是她扎的。"唐飞花无奈地耸肩,"现在还没有她杀人的证据,等找到了再说。"

史内克冷笑:"看来你们有目标了。"

"那可是我属下的推断,你才是我的大脑。"唐飞花往史内克身边挪了挪,"可别被我的手下乱了思路。"

"那是不可能的,一群蠢货。"史内克嘲讽得毫不留情,"现在重要的是殷宁在电话里和古田、方文良说了些什么。又要听他们编造的谎言了,光是想想就觉得恶心。"

唐飞花的心情倒是舒畅:"我还以为案件越难你会越喜欢呢。"

"我可不是福尔摩斯,这么变态。"

"你这么说可要得罪福尔摩斯的粉丝了。"

"管他呢。"

"也好,至少案件难度对得起我付的钱,不然我可要懊悔死了。"

监控中可以得到的信息少之又少,安梓静心情复杂地坐在酒店的大厅里沉默不语,傅真靠在沙发上抽着烟。他已经猜到安梓静是方文良的粉丝,而史内克在找唐飞花之前对她说的那些话,显而易见是在告诉她,他在怀疑方文良。傅真挠了挠后脑勺:"要不……去问问方文良?"

"我想歇一会儿。"安梓静依然坐在沙发上不动。

傅真叹了口气,觉得度秒如年。此时他再次佩服起史内克来,应付女人竟能如此得心应手。

酒店的旋转门转动着,傅真转头朝那里瞄了一眼,立即从沙发上蹦了起来,三步并作两步蹿至门口,挡在来人身前:"哎呀,你终于回来了。"

安梓静冷静地朝傅真的方向望去,觉得如果人类也有尾巴,他一定能摇得虎虎生风。

来人连眼皮都没抬，平静地取下脖子上的围巾，理所应当地放到傅真手里。

"那个，阿克……"

"哦，不是安梓静啊。"史内克又将围巾从傅真手里拿了回来。

"所长，傅警官等你很久了。"

傅真感激地看了安梓静一眼，在史内克面前拼命点头。

"什么傅警官，这里除了你我还有别人？"史内克面无表情地把围巾交给安梓静，"和方文良聊过了？"

"没有没有，梓静一直在帮你看监控。"傅真插嘴，又补充了一句，"我也有帮忙。"

史内克毫无反应，就盯着安梓静。

安梓静低头对着史内克的围巾思索片刻："还没来得及，我这就去找他。"

说完她就把围巾放到傅真手里，朝着电梯小跑过去。

"……唐飞花的电话真的不是我打的。"

"为什么我的助理总是会帮你的忙？"史内克眼中露出些许不满，"不是你打的难道是你手机自己打的吗？"

"是小邱抢了我的手机。"

"为什么你休假的时候她都会在你旁边？"

"……我不是欠了她一只包嘛。"

史内克挑眉："你们真的不是在酒店里？"

傅真干笑几声："你想什么呢？话说我们刚才查了电梯监控，我还查到了殷宁的最后一通电话是打给方文良的。"

"唐飞花也告诉我了。不过她居然委托我调查这个案件，她自己却没有丝毫动静，这不是她的水准。"

"是啊……为什么呢？"傅真也陷入了沉思，而后恍然大悟地说，"会不

会她也是方文良的迷妹？"

"神经病。"

史内克再也不想理他，朝电梯走去。

8705的电视机开着，安梓静在门口就能听见从电视机里传出的枪林弹雨声。她站了好几秒才下定决心去敲方文良的房门。

方文良见门口是安梓静，有些诧异。

安梓静低着头，声音好像闷在了嗓子里："文良哥，我有些问题想问你……方便吗？"

方文良关了电视，让她坐到了床边的座椅上。

"殷宁……"安梓静顿了很久才下定决心说出口，"在昨晚和你说了些什么？"

她抬起头来看着方文良，方文良的表情有些惊讶。

"……不方便说吗？"

"也不是，她就是问我什么时候回来，我那天收工后和江隐去吃夜宵了嘛，比别的人回去得晚了。"方文良苦笑着挠挠头，"就是些无关紧要的事，她一个人的时候总是喜欢胡思乱想。"

安梓静有些安心："那你回来就去找她了？"

"也没有。拍摄一天有点儿累了，就直接回房看了会儿电视，差不多十一点睡的吧。"

"啊，没有去找她吗？"

"太累了嘛，而且在电话里都哄好了。你看看，昨天有好几场戏都拍了好几遍，回来就想直接躺着。"

"那你……从回来到第二天早上就一直待在这里？"

方文良点头："看了点儿老剧，总觉得十几年前的前辈基本功很扎实，我想学学。"

"什么剧啊?"

"也是青春片吧。《冬日叙事曲》的男主角是个面瘫,我是实在不知道面瘫怎么表现出喜怒哀乐,所以想参考一下。我可不想被截图吐槽说所有情绪都是一个表情。"方文良自嘲地笑笑,"被调侃成演戏就是摆pose(姿势)可不是什么光荣的事。"

安梓静"噗"地笑出声,又垂下了眼皮:"可是你的女朋友就在你看电视的时候被杀了。"

方文良的表情僵了僵,笑容也凝固了:"是啊,如果我能听见隔壁的动静就好了。也许那个时候电视机的声音太大了吧,我才没有能救下她。"

安梓静从房里走了出来,一抬头就看见史内克站在门口。

"聊完了?"

安梓静捏着牛仔裙的下摆:"所长,如果傅真在一个案件中最有嫌疑,你还会相信他吗?"

"如果他真有胆杀人,那是长出息了。"史内克冷笑,"可我毕竟认识了他十几年。"

"文良哥说……他一直在房里看电视,没有听见隔壁的任何动静。"

"你想好了?"

"工作是工作……感情是感情……大概顺利解决案件才是最重要的吧。"

史内克微微扬眉,安梓静能说出这番话来着实让他感到意外。

"我去……整理下资料。"

安梓静正要离开,又被史内克叫住:"凶手不是江隐。可如果你现在心中依然有疑虑,就应该在揭开真相之前消除它。处理诉讼案时也应该这样,否则就会在站在法庭上的时候,因为证人和检察官的辩驳而动摇。"

安梓静在房里想着史内克的话，有些心神不宁。她不知道史内克究竟是不是认为方文良就是凶手，但是从她的调查来看，方文良的嫌疑越来越大。她思绪万千，烦躁地拿出手机刷起了微博，冷不丁看见了一条微博热搜：震惊！方文良的新女友竟做出这样的事……

安梓静看到了"方文良的新女友"时立刻点开了这条娱乐新闻，万万没想到在这条新闻的照片里看见了自己和史内克。新闻里说"一神秘少女从方文良房里走出，恰好遇见来捉奸的男友"。这吓得安梓静差点儿把手机摔到地上。

她没有点开评论的勇气，慌慌张张从床上下来，想要去找史内克商量对策，一回神听见从隔壁房里传出史内克和古田争吵的声音。她慌忙跑出房间，见史内克的房门没关，也顾不上敲门，当即推门进去，一开门就看见史内克对着古田举起了烟灰缸。

"所……所长？"安梓静吓得朝史内克扑了过去。

史内克冷静地放下烟灰缸："果然连争吵声都能听见啊。"

安梓静咬了咬下唇，哆哆嗦嗦地问他："微博新闻……你看了吗？"

"看了。"史内克答得四平八稳。

"那……"

"方文良那会澄清的，你急什么？"

古田擦了擦汗："那对小姑娘的声誉也不大好啊。也不知道是谁发的，这么没轻没重。"

"酒店的监控是好了吗，谁这么厉害竟能调出监控来？不，传播速度这么快，那个人一定一直在看七楼的监控。看来是既熟悉酒店，又知道方文良住哪里的人。"

古田问道："难道是酒店工作人员？"

此时古田的手机响了，是剧组工作人员打来的："古导不好了，记者都蜂拥到酒店门口了！"

安梓静不知所措地看着史内克，史内克倒是镇定："我猜这些记者是冲着我们来的。"

"那……那怎么办？"

古田也有些焦虑："我去找保安轰走他们。"

"没关系。"史内克推了推眼镜，"正好我也有话要对他们说。"

"对了，老史，我有个问题想问你。"古田凑近了史内克，"听说老傅不远万里来找你了，你们是不是……"

史内克嫌恶地皱了皱眉头："你好歹是个导演，能不能正经点儿？小女孩误解也就算了，你一个大男人在想什么？实在太闲的话，还是好好想一想怎么给这条花边新闻善后吧。还有我的名誉损失费你也要好好考虑一下。"

酒店门口的景象果然骇人，记者们举着话筒焦虑地在那里张望，几架摄像机早已准备就绪，如果没有保安拦着，他们大概已经冲进去了。

安梓静跟在史内克身后，惶惶不安地看着这么多黑漆漆的话筒。

记者们一看方文良事件中的两名主角出现了，一时间闪光灯一片闪烁。

史内克不遮不掩，大大方方地站到酒店门前的台阶上，一名记者的话筒已经递了上来："请问你现在是什么心情？"

史内克不慌不忙地把安梓静拉到自己身边："这是我的助理，不是女朋友。她也不是方文良先生的女友，只是他的粉丝而已。而且我对殷宁案件非常感兴趣，我的助理也在协助我调查。"

记者们一片哗然，摄像师忙不迭地把镜头全给了史内克。

"调查中我们发现酒店隔音效果很差，连隔壁房间的争吵声都能听见。方文良先生就在殷宁女士的邻房，他声称案发时一直在房中看电视，但没有听到殷宁房里传出的声音，这显然是在撒谎，因为殷宁的助理说她听见房里有很大的声响。没有不在场证明又说谎，这说明了什么呢？"

记者问道:"您的意思是方文良先生是凶手吗?"

史内克微微一笑,不再说话。

"不要胡说八道!"一名少女的声音在史内克身后响起,"良良那天在我房里!"

新闻太过爆炸,现场闪光灯亮成一片。史内克侧身往声音响起的地方看去,见钟未砚愤怒地站在门口大吼:"这样诬陷别人,太卑鄙了!"

"那么这位女士,你为什么会出现得这么及时?看起来真是小看一个少女的能力了。"

"那又怎么样,与其放任他被污蔑,不如公开我们的关系。"

钟未砚毫不畏惧,同样逼视着史内克:"我就是喜欢他,想和喜欢的人在一起有错吗?"

"那么方文良先生承认吗?"

"昨天我确实在她房里。"

方文良声音出现的时候,安梓静瞪圆了眼睛,手中笔记本险些落到地上。她呆呆地看着方文良,看着他自然而然地把手搭到钟未砚的肩膀上,看着他侧头对钟未砚露出宠溺的笑容。她的大脑一片空白,觉得一定是哪里搞错了。

史内克面色铁青,一言不发地转身走了。

记者们的焦点全放在方文良和钟未砚身上,根本无暇顾及史内克。史内克走了两步,忽然想起了什么,转头喊了声安梓静。安梓静没有听见,目光直直地落在方文良搂着钟未砚的手上。史内克不耐烦地"啧"了一声,反身拉住了安梓静的胳膊,强行将她拖走。

"这不可能!"史内克烦躁地在房里来回踱步,觉得自己的智商受到了侮辱。

安梓静呆呆地坐在沙发上,一句话也不说。

"傅真!"

傅真本在床上发呆，一听见史内克叫自己，立马从床上挺直了身子。

"去查八楼监控，电梯的也是，我就不信方文良会去钟未砚房里过夜。"史内克想了想又补充，"就算憋不住也应该是把粉丝叫到自己房里。"

"可是……这儿隔音效果这么差，正牌女友又在隔壁。"

"闭嘴。"

傅真乖乖闭上嘴，摸了摸鼻子小跑出去。

安梓静还是一动不动。

史内克在她对面坐下，什么话都不说，只把手机搁在桌上。

"所长……"安梓静的声音越发轻了，"文良哥人品真的这么差吗？"

"不对，你昨天晚上是不是没睡好？"

"嗯，电视的声音响了一晚上。"安梓静说完眼中又恢复了光彩，"我没有听见别的声音！"

安梓静的手机冷不防响了起来，来电显示是傅真。史内克随手接过电话，刚按下接听键，傅真无奈的声音从听筒里传了过来："我都忘了昨天整个酒店的监控都是坏的，除了电梯的监控，而楼梯又没有安装监控。"

"也就是说他们可以假装从电梯走出来，然后走楼梯。"

傅真表示赞同："明星都很会躲避监控。"

也没有什么有价值的线索，安梓静越发沮丧。史内克的电话响了，唐飞花轻快的声音从里面传出："史律师，告诉你一个好消息。"

古田在房里诚惶诚恐地看着一脸严肃的史内克，也不知道自己哪里得罪了他，更让他心惊肉跳的是安梓静竟也一脸阴沉。

"古田。"

"什……什么事？"不知是不是被安梓静传染，古田说话也开始结巴。

"你说你一收工就回房了？"

"是这样没错。"

"可是为什么酒店外的摄像头拍到了你和殷宁在角落里鬼鬼祟祟,不知道在干什么?"

古田额头上冒出汗来,但他依然干笑着:"就是讨论点儿工作的事嘛。"

"殷宁手里好像还握着什么东西,而你又给了她什么?"史内克紧紧盯着他,"你手里的应该是一沓现金,我不会认错现金的。你们之间有什么肮脏的交易?"

古田掏出印花手帕擦了擦汗。

安梓静在一旁出神,钢笔从手里滑下,滚到了床底,她忙弯腰去捡,却在捡到钢笔的同时摸到了一粒扣子。她微微一愣,觉得这扣子有些眼熟。她瞥了古田一眼,把史内克叫了出去:"所长,你看这个……"

她把扣子递给史内克,史内克低头沉思:"方文良的袖扣。"

安梓静惊讶地捂住了嘴。

史内克从手机里翻出方文良和安梓静的合影,照片上方文良没有掉的那颗扣子清晰可见。突然间史内克抬起头来,紧紧盯着安梓静,把安梓静盯得一个激灵。

"所长……怎么了……"

"你去找江隐问问昨晚他们吃夜宵的时候方文良的袖扣掉了没。"

安梓静频频点头,向电梯疾步走去。史内克尴尬地清了清嗓子,再度走入了古田房里。

"借个厕所。"话还没说完,他就闪入了古田的厕所里。

五分钟后?他神色凝重地从厕所里出来,手里拿着一个取证袋。古田瞄了那个取证袋一眼,脸色瞬时煞白。

古田艰难地点了点头,想了想,从自己的公文包里拿出了一沓照片,照片上他和方文良牵着手在路灯下闲逛。

"原本有更好的解决方法，而你们却选择了最糟糕的方式。"

"我没有杀人。"

"我是说纵容勒索。"史内克神色复杂，"不过是同性恋而已，为什么要遮遮掩掩？"

"文良的事业正在上升期……"

"只是性取向与大众不同而已，别的和常人也没什么差别，粉丝会理解的。"史内克斜了他一眼，"因为殷宁，方文良先生连接戏都没有自由吧？或者说所有的戏的质量都因为殷宁而大打折扣。"

古田沉默着，算是默认了。

"你们早点儿说实话，案子早就解决了。"

"老……老史……"

"我要去拜访你的方文良先生了，你要不要一起？"

方文良开门见史内克和古田在一起，微微一愣，再一看古田的脸色有点儿尴尬。他觉得有点儿不安，而后史内克便将扣子放到了他的电视机柜上。

方文良倒吸一口冷气，看了看古田，又看了看史内克。史内克没有说话，在一旁慢悠悠地整理袖口，古田轻咳一声，走到方文良身边低声说："他都知道了。"

方文良颓了下来。

"钟未砚很麻烦吧？"史内克侧过身子，笑容也不知道是嘲讽还是别的什么，"殷宁和钟未砚哪个女人更麻烦？"

方文良垂着眼皮不说话，只微微笑着。

"钟未砚什么身份？"

方文良抬起头来，眼中有些不解。

"住到和你们相同的酒店，你以为这是巧合？"史内克慢条斯理地解释着，

"她路过案发现场时警察也不拦她,应该是什么大人物吧。怎么?她要求和你交往时没有亮出筹码吗?"

方文良笑得有点儿苦涩:"她说她是公安局局长的女儿。"

史内克理袖口的动作顿了顿,随即冷笑:"局长真是生了个好女儿。"

"她以为我没有不在场证明,就问我要不要帮忙,我就……"方文良看了眼古田,"我原本以为只要应付下警察就好了,没有想到她居然会惊动记者。"

不同于方文良和古田两个人的尴尬,史内克的心情有些欢畅。

江隐与殷宁起了争执,助理听见后以送牛奶的名义出来查看,江隐用烟灰缸砸晕了殷宁,听见这一声巨响,助理打翻了牛奶逃回屋里,江隐也害怕地跑了出去,随之真正的凶手进入屋里,用水果刀刺死了她,打扫干净现场后淡定地走了。这个时候方文良已经在古田房里了。

所有的谎言都已经解开,史内克"啧"了一声,打通了安梓静的电话。

钟未砚坐在咖啡厅里,手心微微出汗,这可是方文良第一次主动约她。她握着杯子的手都激动得有些颤抖。

咖啡厅的门帘被人掀起,钟未砚的心跳加速。但她没有回头去看进来的人,只等约她的人在座位上坐下。

来人果然在她面前落座,她满含笑意地抬头,笑容却凝固在脸上。

史内克面不改色地在椅子上坐下,轻车熟路地拿起了菜单:"喝点儿什么?"

"对不起,我对面有人。"

"方文良不会来了。"史内克把菜单推到她面前,又问了一遍,"喝点儿什么?"

钟未砚脸色阴沉,捧着杯子的指关节发白。

"原来我没想到你有嫌疑,可是你竟主动要求帮方文良制造不在场证明。"史内克似笑非笑地看着她,"说方文良先生于案发当晚在你房里,可是我的助理却听到你房间的电视机开了一夜。所以你们两个在房里干什么,盖棉被纯聊天吗？"

"良良他……就在我房里！你凭什么说他不在？开着电视怎么了，我们俩在房里就不能看电视了吗？"

史内克看着她，眼神颇是怜悯。

"你少这样看着我！"钟未砚从椅子上站起来尖叫着。

咖啡厅里的其他客人纷纷转头看她。史内克对着尴尬地站在一旁的服务员若无其事地说："来两杯美式吧。"

服务员诚惶诚恐地走了，钟未砚仍站在桌前愤怒地瞪着史内克。

"你的方文良那个时候和古田在一起。"

钟未砚迅速屏住呼吸，随之又尖叫起来："胡说！如果真是这样他当时为什么不说？"

史内克笑而不语。

"回答我啊！"

"你的缪缪板鞋呢？"史内克忽然换了个话题。

钟未砚往后退了两步，撑在桌上的双手握成了拳头。

唐飞花告诉史内克的是酒店外的监控拍到古田和殷宁交易的事，然而史内克又让傅真调了每个人进酒店时的监控，在所有的客人中只有钟未砚是一身行头全部换过的。而且她那双缪缪新款板鞋特别显眼，当时陪在史内克身边看监控的安梓静一眼就认了出来。

根据史内克的推测，水果刀扎入殷宁心脏，血流了一地，很有可能溅在凶手身上。现场没有留下血脚印，但是一次性拖鞋少了一双，表明凶手脱下了自己的鞋，换上了房里的拖鞋离开现场。所以凶手的鞋上必然是沾了血迹的。

在史内克的逼视下，钟未砚依然强撑着自己的身体："我只是换了双鞋，有什么问题吗？"

史内克的脸上却挂着意味不明的微笑。

钟未砚表情僵硬:"没什么事的话我先走了。"

"咖啡还没喝完,就这么走了岂不是浪费?"史内克慢条斯理地拿起咖啡杯喝了一口,"你这么急着走是想回去处理什么证据?"

钟未砚咬紧牙关,瞪着史内克的表情像是恨不得把他生吞活剥。

"如果急着吃晚饭,这家咖啡厅也提供牛排。"

钟未砚一呼一吸都很沉重。她又在椅子上重重坐下,一声不吭地盯着史内克。

两人默不作声地坐了五分钟,钟未砚再一次忍不住:"我没工夫和你耗。"

此时咖啡厅的门被推开,安梓静喘着气跑了进来:"所长,检验报告出来了。"

正想离开的钟未砚顿了顿身子,背脊挺得越发僵了。

"钟未砚那双缪缪的板鞋上检测出了血迹,而且在她的房里发现了三双一次性拖鞋。"安梓静顿了顿,"有一双在垃圾桶里。"

"你们居然进我房间!"

史内克耸耸肩:"警察要调查案子不算犯法吧?"

钟未砚气得浑身发抖,原来把她叫出来只是一个幌子,真正的原因是要调查她房里的证据。

似乎还嫌气她不够,史内克又加了一句:"钟局长真是生了一个好女儿。"

"殷宁她该死!"钟未砚的指甲嵌入肉中,她的脸色更加苍白,"她居然在电话里侮辱良良,骂他应该知道自己是个怎样肮脏的人。太过分了,明明是良良的女朋友,明明靠着良良才能到今天这个地位,居然这么骂良良!"

安梓静不可思议地看着她,半天说不出话来,好像是在消化刚才她所说的话。

"所以……你就把她杀了?"长久的沉默后,安梓静终于问了出来。

"我本来没有打算杀她!是她自找的!"钟未砚猛地拍了桌子,朝安梓静吼了起来,"你也是良良的粉丝,难道你听了这些话就一点儿都不想杀那个女人吗？"

安梓静莫名其妙地看着她："杀人要偿命，可是骂人不用。"

"你根本不能算是他的粉丝，你对他的感情是假的！"

安梓静更加莫名其妙。

"真正的铁粉就应该像我这样，随时随地都要把良良放在心上，捧在手心里，为了他愿意做一切。这才是爱！"钟未砚双手撑在桌上怒视着安梓静，"像你这样的人，有什么资格能和良良合影，凭什么能和他说话？"

安梓静被她的气势震得退了一步。

"而且你知道吗，我本来只是觉得良良一定有把柄在那个女人手里，所以打算要回把柄。我跟着那个女人进电梯，看着她从七楼出去。我到八楼后立刻从楼梯跑到七楼，正准备去她的房间跟她理论，谁知我在门口就听见了房里的争执声。"

很显然，那时在房里的另一个人是江隐。

"所以我就找了个地方躲起来，想看看有没有机会闯进去。房里的两个人应该是在讨论关于这部戏的事情，说着说着就吵了起来，我听得清清楚楚，另一个女人叫殷宁不要再让方文良为难了，你知道殷宁说了什么吗？"钟未砚的胸脯剧烈地起伏，怒睁的双目里充满血丝，"殷宁说：'有什么关系，明星主要就是靠粉丝养着，有没有演技有什么关系？有脸就够了。而且粉丝那么傻，愿意为明星花大把的钞票，最后却什么也得不到，并且根本不关心明星有没有演技，甚至在自己的偶像恋爱之后还一边花钱一边祝福，简直就是脑残。不好好演戏有什么问题吗？反正粉丝都傻，我们只管花他们的钱享受，过他们过不了的生活，泡他们泡不到的帅哥就够了，那么认真干什么，傻吗？我可不傻，能省力还那么努力干什么？'里面的争吵声越来越大，对面有个人端着杯牛奶走到殷宁房门前，然后我就听见一声巨响，端着牛奶的人把牛奶杯摔地上了，又慌慌张张地跑了回去，殷宁房里的那个女人也跑了出来。我确认周围没有人，

从躲的地方走了出来,看见殷宁的房门没关,就想进去看看。房间里烟灰缸掉在地上,殷宁倒在窗下。我想找良良的把柄,但又怕殷宁醒过来,脑子里充斥着刚才她说的这些话。翻箱倒柜的时候我看见了水果盘上面的刀,想到她刚才说的话,就忍不住……"

忍不住一刀刺入了殷宁的心脏。

看见血溅出的时候她才意识到自己做了什么,慌忙去盥洗室洗干净自己的双手,又把整个屋子打扫了一遍,擦干净烟灰缸上的指纹,确认没有留下任何痕迹才提着溅了血的板鞋从楼梯跑回八楼。

"难道那个女人不该死吗?"钟未砚伸长脖子对安梓静嘶吼,丝毫不顾咖啡厅里其他客人的目光,"不该死吗?你真的不会杀她吗?她不但侮辱良良,还侮辱了我们,把我们当蠢货,不该杀吗?"

安梓静默不作声地又往后退了两步。

"难道你也像她这么想?"

"不是的,"安梓静终于开口,"演员的工作是演戏,他们的收入是通过工作获得的。文良哥很少用替身,也不迟到早退,台词从来都是自己背的,从来没有麻烦过配音演员,他和那些只知道圈钱的艺人完全不一样。殷宁不是演员,她充其量只是个勒索犯而已。"

钟未砚浑身发抖,突然不说话了,只定定地盯着安梓静,而后竟失声痛哭:"我之所以会这么做,只是喜欢良良而已啊……"

"你也不是喜欢,只是单纯地想要占有罢了。"安梓静的声音里没有任何感情,"你这么做只会让文良哥卷入麻烦的事情里,而且,你还用卑劣的手段逼着他承认和你在一起。"

钟未砚双手捂着脸,眼泪从指缝里流了出来。

"你这么做和殷宁有什么区别?"

钟未砚彻底崩溃,大哭着蹲下了身子。

他选择了自首。

案件解决后，史内克和安梓静也离开了涡州市，然而第二天清早，安梓静依然闷闷不乐。

"所长，你说文良哥为什么要隐瞒自己在古田房里的事实？"

史内克盯着电脑屏幕，假装没有听见这个问题。

安梓静从座位上起身，走到史内克身边，拿走了他面前的咖啡："所长，请您认真听我说话。"

史内克从电脑前抬起头来，认真地看着安梓静。

安梓静反而被看得有些不好意思，慌忙把头扭向一边。

"你觉得为什么？"史内克反问她。

安梓静想了一分钟，摇了摇头。

"如果脑中有疑问，应该自己想办法去解决，而不是在第一时间去求助别人。"

"可是所长……"

"你应该学会独立思考。"史内克推了推鼻梁上的金丝边眼镜，一本正经地教导，"而且很多时候，我们都无法得知自己想要知道的真相，你要适应这个世界的残酷。"

安梓静定定地看着他，犹疑着把咖啡杯放回他面前。

史内克不动声色地把咖啡杯移到了安梓静够不着的地方，又问她："你知道唐飞花为什么会私人委托我调查这个案件吗？"

安梓静摇了摇头。

史内克将一张报纸放到了她面前。

他不知从哪弄来了一张《涡州日报》，头版头条是《公安局局长因女儿杀人引咎辞职，唐飞花被提拔为公安局局长》。

在案件解决的当天晚上,网络上"涡州市公安局局长女儿杀人"的消息就被传得沸沸扬扬,任凭局长的通天本领也没能把这条热点给压下去。在舆论的压力下,局长只能辞职,并且网络上那么多民众盯着这个案件,他根本无法插手女儿审判的事。

"钟未砚是原局长的女儿,身为手下的她不好下手。"史内克冷笑,"而且钟未砚之所以能如此准确地得到方文良的信息,全靠她的好爸爸。这些恐怕唐飞花全都知道。"

安梓静怔怔地看着这条新闻,目光落在"唐飞花就任涡州市公安局局长"这句话上,久久说不出话来。

"不过,所长,"她又开口,"如果有人敢诋毁你的话,我也会拼了命维护你的。"

史内克颇是意外地扬了扬眉,随后摘下金丝边眼镜放在桌上,笑了笑不说话。

丘比特之箭

"阿克!"傅真兴冲冲地冲入小木屋律师事务所,"有大八卦!"

史内克似乎一点儿也不想理他,一脸冷漠地坐在椅子上看报纸。

"你不想听吗?"

"我这不是八卦报社,不会付你信息费的。"

"不是,这个八卦今天网上都传疯了!"傅真十分自觉地拉出史内克对面的椅子,一屁股坐下,"你知不知道有个男的同时交了四个女朋友?"

史内克总算放下报纸,把注意力转移到了傅真身上。

"而且他隐瞒得天衣无缝。之前四个女孩子都互相不知道对方的存在,都以为自己是唯一的正室。不知怎么突然有一天东窗事发,他其中一个女友与他吵了一架后为他割了腕。"傅真兴致勃勃地盯着史内克,"怎么样,是不是很劲爆?"

史内克冷冷看了他三秒,再度拿起了报纸。

傅真莫名其妙,一旁的安梓静忍不住解说:"关爱智力障碍者的眼神。"

"阿克,你的助理越来越不可爱了。"

"我觉得她是助理的典范。"史内克反驳得毫不留情,"无聊。"

傅真瞄了安梓静一眼,又凑近了史内克:"可是那个男主角安梓静应该认识。"

史内克的注意力果然再度被吸引。

"他叫廖辰，是安陵北的初中同学。"

"陵北没和我提过这个人。"

"哇，你小学毕业后和他竟然还有联系？"

"有什么问题吗？"史内克瞥了他一眼，"没有联系我怎么接他的案子？"

"那你为什么不介绍他给我认识？我跟你认识这么久，如果不是因为安梓静，我一点儿都不知道他的存在。"

"因为我嫌丢人。"

"哇，阿克你这么说太过分了！"尽管这么说，但傅真看上去一点儿也不生气。

安梓静依然专注地盯着她的电脑，好像他们说的安陵北和她丝毫没有关系。

傅真挠了挠后脑勺："还有件事，就是我刚出警回来，就是那个割腕小姑娘的同学报的警。幸好小姑娘没事，不然那男的罪过可就大了。"

史内克从眼镜盒里拿出眼镜戴上，把报纸放在一边。

"怎么了？"

"你刚出警回来廖辰的事就红遍了网络，信息时代真是有趣。"史内克忽然露出嘲讽的笑意，"为什么割腕女的同学会知道她割腕？"

"……因为她割腕时发了微博。"

"你真想自杀的话会这么昭告天下吗？何况割腕自杀的成功率只有5%，还不如跳楼爽快。"史内克"啧"了一声，"她的目的就是要毁了那个男的吧。"

"深仇大恨啊。"

"女人想要报复的时候可是不顾一切的。那男的什么来头，很帅吗，竟然有这么多女人为他奋不顾身？"

"听说是个网红，经常做直播，粉丝也有十来万。就是因为这样，他的事迹才能红遍网络啊。"

安梓静还在盯着电脑，完全置身事外。

忽然傅真的手机响了。他接起电话，仅五秒之后脸色煞白："阿克，曝光廖辰的那个女生死了。"

史内克抬起头来："死的居然不是那个男的，有点儿出人意料。"

死者名叫徐娜，发完微博后的半个小时内突然死在家里，是她妈妈发现的。她妈妈打开家门，发现倒地的徐娜已经没有呼吸了。一瓶矿泉水被打翻在地，水洒得到处都是，她的脖子上都是抓痕。不远处的茶几上有一杯没有开封的奶茶。

警察迅速封锁了现场，徐娜的妈妈已哭晕过去。

邱灵看见了封锁线外的史内克，对傅真颇是不满："前辈，你怎么又把他带过来了？"

"哎呀，他不正好没事嘛。"

"三观这么不正的律师早点儿绝交了对你也好。"

傅真不用回头都能感觉到史内克投在自己身上的严厉目光。他咳了一声，想换个话题："死因查到了吗？"

"没有，得把尸体带回去解剖。"邱灵指着徐娜脖子上的抓痕，"不过很奇怪，死者双手抓着自己的脖子，而且现场除了死者和她妈妈，没有发现别的脚印。"

徐娜的妈妈进屋时门窗也都关得好好的，没有破坏的痕迹。

"很有可能是毒杀。"邱灵总结道。

"总之把那瓶水也拿回去化验一下。"傅真苦恼地搓着手，回头看见史内克事不关己地靠在墙上玩手机，安梓静的手机里还发出了游戏的声音。

邱灵不满地撇了撇嘴。

傅真尴尬地走到史内克面前："阿克，帮帮忙嘛。"

史内克头也不抬："协助调查有奖金吗？"

"两千！"

"安梓静，走了，所里有无线，别在这里烧流量。"

安梓静应了一声赶上了史内克。

"我就说那个衣冠禽兽不靠谱。"邱灵适时补刀。

安梓静和史内克正准备上车，一个和史内克年龄相仿的男人朝着他们的方向赶了过来。史内克并不认识他，想着也许是来寻找这栋楼里哪个人的。

男人从他们身边经过，余光瞅见了安梓静，顿时停下脚步，细细打量了一番，忽地握住了安梓静的手："安梓静，你是不是安梓静？"

安梓静吓得把手缩了回去，又退了一步，惊恐地点了点头。

"你都已经这么大啦？"男人兴奋得双目放光。

安梓静的后背紧紧贴在了车上。

男人这时注意到安梓静身边还有个史内克，脸上又顿时失落："这是你的男朋友？"

史内克懒得理他，直接问安梓静："这是谁？"

安梓静吓得摇了摇头。

"你不记得我了吗？我可是你的廖辰哥哥啊！"

安梓静猛地睁大了双眼，露出恍然大悟的表情。

廖辰顿时心花怒放："你认出我来了？"

安梓静也有点儿兴奋地点头："你就是那个脚踏四条船的男人。"

看见廖辰瞬息万变的表情，史内克好不容易绷住了脸才没笑出声。

廖辰失望地看着还在茫然的安梓静，忽然安梓静问道："你在这里干什么？"

"徐娜这女人不是发了条辱没我名声的微博吗？我来找她理论。"

史内克慢悠悠开口："你不知道她已经死了？"

"死了？"廖辰先是一怔，而后猛地拍手，"死了好啊，死得好，太好了，这种女人就该死，多谢你们吉言。"

安梓静有些莫名其妙。

廖辰从口袋里掏出一张名片递给安梓静:"有空多联系,上面有我的手机号和微信号,我先上去找那个女人算账了。"

安梓静看着廖辰兴高采烈离去的背影,弱弱地问史内克:"他是不是没听懂你的话?"

"我也想知道为什么这样的人都能吸引这么多女人。"

廖辰一口气冲到三楼,猛然看见许多进进出出的警察才意识到史内克并没有开玩笑。他咽了口唾沫,准备蹑手蹑脚离开现场,邱灵却一眼看见了他:"谁啊?鬼鬼祟祟的。"

廖辰嘻嘻笑着,想编个名字蒙混过去,一旁徐娜的妈妈认出他来:"廖辰!"

傅真和邱灵都是一愣,徐娜的妈妈已冲到廖辰身前,一把扯住他的领子:"是不是你杀了我女儿?"

"我……我杀你女儿干什么?阿姨你讲点儿道理。"

警察们慌忙把两个人拉开,徐娜的妈妈不甘心地挣扎,想要扑向廖辰,邱灵从来不知道这个年纪的女人竟能爆发出这么大的力量,好几次她都险些拉不住。

"你看我和你女儿也没什么深仇大恨……"

"那你跑来这里干什么?"邱灵冷冷打断他,"一般凶手都喜欢重返现场。"

傅真吓了一跳,踢了她一脚,笑嘻嘻地对廖辰说:"你和死者什么关系?"

"也没什么特别的啊,就是有点儿喜欢她。"

傅真手疾眼快地拉住了邱灵,才没让她一拳打上去。

"徐娜把你的事迹发到了网上,你还喜欢她?"邱灵瞪着廖辰,"那陶籁呢?"

陶籁就是那个为廖辰割腕的女生。

廖辰没想到他们会提起陶籁,不禁微微一愣,然后说道:"我也挺喜欢她的。"

傅真感觉到邱灵肌肉绷紧，再次拽住了她。

"一个小时前你在哪里？"邱灵依然瞪着廖辰。

"我在打游戏。"廖辰迅速摸出手机打开了游戏，"你们看，这儿还有战绩和时间记录。"

邱灵看了手机屏幕一眼："王者荣耀？我和梓静也在打，这不能算不在场证明。"

"你打你就知道，这游戏得聚精会神才可以。"

"你死了七次，一次击杀都没有，助攻只有两次，也好意思说聚精会神？"邱灵轻蔑地看着他，"我挂机五分钟的战绩都比你的好看。前辈，五分钟可以杀人了吧？"

傅真默默撑住了额头。

廖辰也惊呆了，激动地握住了邱灵的手："大神，加个微信吧。"

看见脸色突变的邱灵，意识到马上就要发生灾难的傅真立刻把她往后拖。

说到有什么仇人，徐娜的妈妈能想到的也只有廖辰。傅真把廖辰从邱灵面前支开后，又问徐娜的妈妈："廖辰说在追你女儿是真的吗？"

"他不是簌簌的朋友吗？听娜娜说他老去招惹别的女孩子，但怎么也不可能招惹娜娜吧。"

傅真没有继续追问。

"前辈，你怎么把廖辰放跑了？"

"又没他杀人的证据。"傅真语重心长地拍了拍邱灵的肩膀，"小邱啊，以后别没事就对着别人说杀人啊什么的，小心他们投诉你。"

"可我看见他就忍不住生气。"

"生气也不能口不择言啊……"

"那我们去问陶簌吧。"

"……你好歹先反省一下刚才的行为。"

"前辈快走吧,时间不等人。"

小木屋律师事务所里,史内克把外套挂上衣架后问安梓静:"你认识安陵北吗?"

安梓静顿了几秒后反问:"那是谁?"

"不认识就算了。"

"所长。"

史内克"嗯"了一声,见安梓静正抬头看自己,心中一顿。安梓静隔了好久才鼓起勇气问他:"我是不是失忆了?"

"为什么这么问?"

"前一阵子傅警官问我哥哥的事,我不记得有个哥哥,现在你又说起安陵北,他恰好和我同一个姓,刚才廖辰也说认识我。所以我是不是真的有个哥哥,叫安陵北,但是我忘了?"

"我没有参与过你的人生。"史内克说得不动声色。

安梓静咬了咬下唇:"可是我并没有断掉的记忆。"

"阿克!"

傅真突然推门而入,打断了史内克与安梓静的谈话。安梓静吓得退后一步,有意拉开了和史内克之间的距离。傅真顺势冲到他们中间,对着史内克万分激动地说:"你知道吗,我们刚才去找陶簌,结果她第一句话就是问我们廖辰在哪里!"

史内克又用关爱智力障碍者的眼神看着他。

"廖辰都这样了陶簌还想着他,而且廖辰真的一次都没探望过她!"

"你在上班时间找我就是为了和我分享这个无聊的八卦?"

"不不不,我的意思是有没有可能廖辰根本就不喜欢陶簌,而是喜欢徐娜,但是徐娜拒绝了他,廖辰一怒之下就把她杀了?"

史内克目瞪口呆地看着他，这让傅真有点儿小激动。

"傅真，你能当上刑警大队的队长简直是一个奇迹。"

"不是，阿克，难道就没有这个可能吗？"

"验尸报告出来了吗？"

"喉部水肿，身上有红斑，很有可能是食物过敏。"

"死者不可能自己吃下过敏的东西，也不会对廖辰毫无戒心。"

"那会不会是误食？这样一来就是意外了。"

"她对什么过敏？"

"我问过陶簌，是柠檬过敏。她曾经喝过一杯柠檬水，差点儿挂掉。"傅真双目闪闪发光，"陶簌知道她过敏的食物，这么说很有可能是她了？"

史内克根本懒得理他，此时此刻只想把他赶走，好快点儿做手头的正事。

"你理我一下嘛。"傅真不依不饶。

"所长的意思是，陶簌有什么动机？"

"情杀啊。自己的男朋友竟去追自己的闺密，这难道不可恨吗？然后割腕就是个摆脱嫌疑的借口。"

"前辈你这个样子就算当个摆设我都觉得丢人现眼。"

"傅警官只是在所长面前智商会降为零，你要理解他。"

邱灵惊奇地瞪大双眼，好像被打开了新世界的大门，而后心领神会地和安梓静相视一笑。

"也是搞不懂这个男人，女友因为自己割腕，他竟然都不去医院看望，还去拈花惹草。"邱灵义愤填膺，"陶簌也是真傻，都这样了还对他念念不忘。"

"这个男人的心思你们永远不懂。"史内克倚在墙边朝窗外望去，看见廖辰捧着一大束玫瑰朝自己事务所的方向走来，"安梓静，有人找你。"

史内克只让安梓静一个人下楼，邱灵激动地趴在窗台上，仿佛在看戏。

廖辰看见安梓静出现在事务所门口，脸上立即露出笑容。安梓静紧张地站在门口，正在考虑该现在出去还是隔几秒出去，廖辰已大踏步走到她面前。安梓静吓了一跳，下意识地退后一步，紧张地抬起头来，却见廖辰正注视着自己。

"梓静，我找了你十二年。"

"你……上哪儿找的？"

廖辰直接被这句话噎住，但他很快重新振作："我没想到你竟会跑到青芜市来。"

"十二年前我只有九岁。"安梓静还在纠结刚才的话题，"你那个时候大学毕业，难道是萝莉控？"

"……"

"好变态。"安梓静轻声说出这三个字。

廖辰觉得手里的玫瑰花显得有点儿尴尬，但他不愧是久经沙场，立刻找到了台阶："你还是老样子，说话直来直去的。"

"我以前也说过你变态吗？"安梓静并没有放过他的打算。

"……"

廖辰觉得话题好像在往奇怪的方向发展，他拉都拉不回来，而眼前的女孩子更是对他不为所动。他根本找不到送出这束花的时机，甚至都找不到拿下安梓静的突破口。

"你真的不记得我了吗？"他还是不死心。

安梓静摇头。

"陵北让我好好照顾你，结果他出事第二天你就转学了。"廖辰决定换个方向进攻，"不过幸好我来了青芜工作，更没想到会在这里遇见你，我想这一定是命运的安排。"

廖辰深情注视着安梓静，猜测女孩听到最后一句话后一定会心跳加快。

但安梓静飞速往后退了一步，快速接嘴："命运也安排了四个女生给你。"

廖辰的笑容僵在脸上。

"听说你还在追徐娜。"

"……那是敷衍警察的。"

"你还有其他三个女朋友，在哪里？"

廖辰一时语塞，但还是强撑着笑容："你对我的事这么在意啊？"

"没……没办法不在意，你都上微博热搜了，而且警察也这么关注你。"

廖辰更加尴尬了："那都是骗人的，你也知道，网上都是键盘侠。"

"那陶簌呢？"

廖辰的笑容快要撑不下去了。

"廖辰！"事务所的一边传来另一个女孩的声音，等不及廖辰反应，她已然一把将安梓静从廖辰面前推开，转身对着廖辰尖叫，"你不是答应我不再拈花惹草的吗？"

"……这是我同学的妹妹。"

"这种已经工作的老女人你都要，我到底哪里不好？"

安梓静侧头看向女孩，也就十八九岁的年纪，看上去刚刚高中毕业。她也没有因为"老女人"三个字生气，只安静地看着廖辰被劈头盖脸一阵数落。廖辰连连瞥向安梓静，想把那女孩拖走，但女孩偏不让他如愿，就是想让安梓静知道她有多了解廖辰似的，把他从前劈的腿一个一个全抖搂出来。骂了差不多五分钟，女孩终于安静下来，气势汹汹地瞪着廖辰。

安梓静这才弱弱地问道："你知道他这么不好，那为什么不和他分手呢？"

女孩的气势转而落到了安梓静身上。

"好了，温良，别闹了。"廖辰上前去拉女孩，却被她一下甩开。

"你今天不给我解释清楚就别想回去！"

"你看我都没去看陶簌了。"

"我早就说了，她自杀就是为了搞你，哪有人自杀还拍照发微博的。"

"是是是,多亏了你我才没上她的当。"

女孩面露得意之色,神色也缓和了许多。

廖辰刚想松一口气,安梓静冷不丁问了一句:"这是帖子里你的哪个女朋友?"

廖辰和女孩的脸色一起变了。

"好了,安梓静,休息时间结束了。"史内克出现在安梓静身后,把她从廖辰身前拉开,"事务所还有一堆事情要处理,叙旧到此为止吧。"

邱灵笑瘫在了事务所的沙发上。

安梓静从口袋里拿出史内克给她的监听设备,莫名其妙地看着她。

"幸好史内克想出来让你带着这东西下去,不然我就错过一场好戏了。"

史内克的情绪没有什么变化,转过头问傅真:"刚才那个女生是谁?"

傅真茫然:"我不知道啊。"

"看徐娜的那篇长微博,对号入座。"

听到史内克这么说,安梓静立刻找到了徐娜发的那篇文章,点了开来。

今天我要挂一个男人,他是个直播室的主播,ID 叫星辰缭乱,坐标青芜市。

这个男人一口气交了四个女朋友。

当初他跟我闺密表白之前还自称单身,加之闺密对他也有好感,就答应了。但是我们万万没想到,他在闺密之前还有个女朋友,我们姑且叫她 S。闺密以为她被三了,一怒之下去提分手,男人哄她说早就和 S 分手了。

就在前几天白色情人节的晚上,男人给她打了个时间很长的电话,说了很多甜言蜜语。本来闺密是很开心的,但是到了后半夜,她被一个电话吵醒了,是 S 打给她的。S 问她和男人什么关系,为什么男人会给她打一小时的电话。闺密蒙了,没有说话,S 继续说她是男人的正牌女友,名叫 S,现在他们正在宾馆里。

闺密这才知道男人并没有和S分手。

两个人交流了很久，S说其实男人在直播间一直和别的女孩暧昧，恐怕女友不止这些人。

挂了电话后S就翻了男人的微信，虽然微信的聊天记录被删得一干二净，但红包记录还在，没过多久她就发现了X和G。QQ上还有和别的妹子的暧昧聊天记录。

原来闺密不只是被三了，她的后面还有小四小五。

闺密知道这件事后当即质问男人，但是男人没有回复她。

闺密对他说了分手，男人就在微博上贴出一把安眠药，并且留言说："来世再见吧。"

当时他的很多粉丝留言问他怎么了他都不回复，整个人仿佛人间蒸发了一样，或者说，好像真的死了。不过死了也好，就不会继续祸害人间了。

闺密也急了，在他的这条微博下面回复："你这是什么意思？"

男人不理她，甚至不接电话。

然后闺密又回复了一条："少拿自杀当逃避，要死一起死！"

随后闺密就割腕了。

本来我是不想发这篇文章的，但是我无法容忍闺密竟被男人逼到自杀，如果她有什么三长两短，我这辈子都不会放过他。

微博下面不少人留言：

网友A：男人不可能吃安眠药，这些药量无法致死，而且现在也不给开整瓶的安眠药，除非一家店一家店地跑，还得有医生的处方。男人根本没有时间做这种准备，他只是放个照片让你们内疚一下而已！

网友B：和一个妹子甜言蜜语之后转身和另一个妹子甜言蜜语？

网友C：这男的得有多帅才能泡到这么多妹子……

网友D：四个妹子怎么分配时间啊，一周里分出四天一天陪一个，然后休

息三天吗？

冷暖：我是其中一个当事人。据我所知，他有过前科，他的前任也是因为这个和他分的手。那个时候男人还在网上花言巧语骗一个18岁的妹子，说等她到了法定婚龄就娶她。本来我以为我可以让他浪子回头，结果狗改不了吃屎的毛病，真是看错他了。

"看来这篇文章里的闺密就是陶簌了。"史内克说道，"剩下三个女主角分别是S、X和G。按常识判断，应该是她们姓氏的开头字母。"

傅真说道："可是我们连廖辰三个女友叫什么都不知道。"

"这是你的事。"

"哇，太无情了。"

"话说回来，陶簌多大了，怎么这么好哄？"

"今年高二吧。"

傅真说完这句话，在场所有人陷入沉默。史内克忽然问道："你有女朋友吗？"

傅真茫然摇头。

"你真该反省一下你自己。"

"不是，我怎么了？"

"连个高中生都骗不到手，你还不如廖辰。"史内克面露嫌弃之色，"你应该没事多去学校开点儿讲座，这样容易引起女生的关注。"

傅真和邱灵再次见到陶簌是在她的家里，女生脸色苍白，左手手腕上绑了一圈绷带。

陶簌看见警察到自己家里来也没觉得奇怪，把两人领进家里。

这无疑是一栋豪华别墅，客厅天花板上垂下一盏巨大的水晶吊灯。沙发上方是一幅满墙的浮雕壁画，沙发正对着巨幕电视，电视机嵌在红木雕镂的屏风上。屏风的旁边种着一盆五味子。

他们在沙发上坐下后,陶簌开口第一句话便是:"他还是没有来看我。"

此时邱灵震惊于这栋别墅的装潢,虽然陶簌的第一句话太过匪夷所思,她并没有提出任何质疑。反是正在思考如何把徐娜死讯告诉她的傅真听见后一愣:"你还在想他?"

邱灵这才回过神来:"你知不知道他现在和别人在一起?"

陶簌难以置信地睁大了双眼。她看了看自己手腕上的绷带,又看了看邱灵。

傅真咳了一声:"其实我们过来是想问你,徐娜平时有什么仇人吗?"

"娜娜?"陶簌一时没反应过来,"她能有什么仇人?"

傅真"呃"了一声,还在想措辞,陶簌又说:"上次她同桌想借她作业抄,被她拒绝了。"

"……我的意思是有杀人动机的那种。"

"杀人动机?什么意思?"陶簌身子微微前倾,攥住了杯子,"娜娜怎么了?"

"那……有谁知道她柠檬过敏?"

"我知道。"陶簌低头思考了一会儿,"除了我以外,我们班应该没人知道了。"

"廖辰知道吗?"邱灵问。

"娜娜到底怎么了?"

"死了。"

陶簌脸色瞬间煞白,她的目光从傅真脸上移到邱灵脸上,想确认这不是个玩笑。她忽然意识到警察不可能拿这个开玩笑,嘴唇也没有了血色。

"可是……我知道的人当中……除了她家人和我,就没人知道她柠檬过敏了啊。"

陶簌忽然攀住了邱灵的胳膊:"你们为什么怀疑廖辰?他不可能杀人的!"

邱灵冷冷地说："他在追徐娜的事你知道吗？"

陶簌慢慢放开了她的胳膊。

傅真在来这里之前查看了徐娜的手机，微信上廖辰果然每天早安晚安地问候她，时时嘘寒问暖，时不时问她有没有空出来吃饭。徐娜起初还拒绝得干脆利落，但到底抵不住每日情话的攻势，后来语气也渐渐软了下来。终于有一天她忍不住问廖辰陶簌的事，廖辰说早与她分手了。徐娜将信将疑，一天后她又将廖辰痛斥一番，问他为什么骗自己说分手了，廖辰反说是陶簌对自己纠缠不休。

徐娜将聊天记录截屏发给陶簌，陶簌却告诉她廖辰还在劈腿别的人。徐娜问她既然知道为什么还不分手，她说因为舍不得。徐娜一怒之下套出了廖辰屡次劈腿的原因，他是个网红，一直在直播间唱歌而收获了不少女粉丝，他劈腿的对象便是这些同城女粉丝。

最后徐娜整理出了那篇长微博，在大家的不懈努力下，本来就是网红的廖辰更加火了。

但同样的，所有人都没有想到，这会是徐娜的最后一条微博。

"我知道的，我本来以为我割腕会让他觉得愧疚。"陶簌嗫嚅着，"可他竟连消息都没给我发一条。"

"大小姐，谁会因为你自杀而愧疚啊，他要真的觉得自己有错，根本不会这么做！"邱灵瞪着她，"别说断了和别的女生的联系了，他现在又在追新的女生了！"

陶簌陷入了绝望："可就算是这样，他也不会杀人啊。"

邱灵朝天翻了个白眼。

史内克听说两个人的遭遇后不以为意："两样东西会让人变得盲目，爱情和仇恨。"

邱灵完全冷静不下来："何止是盲目，简直是鬼迷心窍！她家那么有钱，她什么男朋友找不到，非要找这样的垃圾，为什么她们非要在垃圾桶里捡男朋友啊？"

"所以女人陷入爱情后是很可怕的。"

史内克说这句话时朝安梓静瞥了一眼，安梓静专心盯着手机，并不理他。史内克觉得奇怪，喊了她一声，她这才慢吞吞抬头，看向史内克。

"廖辰加了我微信。"意识到他们在说什么之后，安梓静依然面不改色，"已经在甜言蜜语轰炸了。"

她毫不忌讳地把手机放到茶几上，邱灵迫不及待地查看起了聊天记录。

廖辰：梓静妹妹，真是女大十八变啊！

安梓静：我真的不记得你了。

廖辰：没关系，我记得你就行了。

廖辰：今天本来想把那束玫瑰花送你的，可是看见你后发现那束玫瑰花在你面前黯然失色，只好又拿回去了。花要是配不上人那也没什么用。

廖辰：梓静妹妹，睡着啦？

安梓静：没，接不上话……

廖辰：刚才没吓到你吧？

安梓静：没有，那个女生是谁？

廖辰：吃醋啦？

安梓静：？？？

廖辰：就是个女生嘛，才大二，满脸稚气，哪有你好看？

安梓静：她是你哪个女友？

廖辰：……

廖辰：梓静妹妹，说话不要这么无情嘛。

安梓静：她叫什么名字？

廖辰：怎么突然对她感兴趣啦？

安梓静：不然我加你微信干什么？

廖辰：这么无情啊。

廖辰：好好好，告诉你，她叫沈温良。但是你要相信我，我心里只有你，是她一直在对我纠缠不清。

廖辰：要不是最近出了事，好想在直播间为你唱一首《小幸运》。

邱灵目瞪口呆："这男的真有本事。"

傅真也忍不住了："我都看不下去了。"

史内克只想赶快转移注意力："法医具体的验尸报告怎么说？"

"徐娜胃里有未消化完的蛋糕，蛋糕里检测出了柠檬碎屑。她的水杯是干净的，没有发现柠檬残渣，因此致命的一定是那块蛋糕。"

"查出蛋糕来源不就能结案了？"

傅真愁眉苦脸："正在让手下查来源呢，总不能是她自己买了块柠檬蛋糕吧？"

安梓静的手机又响了。

"所长，他明天约我吃饭。"

史内克问她："你想去吗？"

"老实说不太想。"

史内克点点头，低头翻阅起了手头的文件夹。

安梓静的手机不甘心地又响了起来。

廖辰因为长微博的事决定淡出网络直播间，想避避风头，这反而让沈温良得意起来，她觉得是自己的管教终于有了成果。

宾馆里廖辰正在浴室洗澡，沈温良躺在床上摆弄着手机，QQ群跳个不停。群里的女孩们发着廖辰的丑照肆意嘲笑，沈温良随意附和几句，心里却想，真是一帮失败的女人。这是廖辰的女友们建立的群,起初是为了方便大家爆料,现在已经发展成黑廖辰的专用群了。黑着黑着女孩们惺惺相惜,纷纷把群名片改成了真名。

只是她们中除了陶籔,谁都不知道徐娜已经死了。

陶籔冷不丁在群里说:廖辰最近又有新目标了。

这让沈温良警觉起来,她想到了下午看到的那个女生。

群里一个叫谷蒂的人问:谁啊?要不要提醒她一下?

陶籔:不知道,我是听警察说的。

谷蒂:警察?

群里沉默着,沈温良也目不转睛地盯着屏幕,心中有些不安。

陶籔:娜娜死了。

此时浴室的门开了,沈温良一个激灵差点儿没有拿稳手机。廖辰爬上了床,想要去吻她,却被她一把推开。他有点儿委屈,翻身往沈温良胸口埋去:"你看我为了你都不玩直播了。"

"你知不知道徐娜死了?"

廖辰在沈温良身上游走的手停了下来。他翻身躺到一边,不说话。

群里也炸开了,就刚才两人纠缠的几分钟刷了三十几条未读信息。

谷蒂:开玩笑的吧?怎么会?

陶籔:警察说的,总不会是假的。

谷蒂:那……她怎么死的?

陶籔:不知道,但警察好像怀疑廖辰。

谷蒂:还是谋杀啊!

陶籔:警察应该是这个意思。

谷蒂:他不会因为徐娜黑了自己所以怀恨在心,然后杀了她吧?

陶籔:谁知道呢?

沈温良心烦意乱地下了床。廖辰见她要走，一把拉住她，想把她拖回床上，却又被她甩开："你是不是有新的目标了？"

廖辰一脸茫然。

沈温良又问："下午我看见的那个女生究竟是谁？"

"哎呀，我的宝宝，我不是说了她是我朋友的妹妹吗？"廖辰没让她挣脱，反而从后面强行抱住了她，"她很可怜的，哥哥杀了人被判了死刑，临走嘱托我好好照顾她。"

"你知不知道警察怀疑你杀了徐娜？"

廖辰放松了双臂："怀疑我？不会吧……"

"有什么会不会的，你自己看。"

沈温良把手机给他，廖辰看着聊天记录，坐在床边不讲话了。

陶簌还在群里说：廖辰没有确切的不在场证明，所以警察怀疑他。

"你不会真的杀人了吧？"沈温良惊慌失措地看着他。

"神经，为了一条长微博杀人，我是不是有毛病？"

"那警察为什么怀疑你？警察是不会随随便便怀疑人的。"

"这我怎么知道？"廖辰回答得心不在焉，脑中忽然浮现出邱灵的样子。他想邱灵好像也不错，他还从来没有接触过这种性格的女生。

"你想什么呢？"

廖辰回过神来，笑嘻嘻地看着她："我在想你怎么这么漂亮。"

沈温良的脸瞬间红透，廖辰低头亲吻她时她也不反抗了。

QQ 群里的人根本不知道沈温良这儿的风光已经如此旖旎，仍在热火朝天地讨论。

谷蒂：十有八九是廖辰干的，这种男人，什么事干不出来？

陶簌：你也怀疑他？

谷蒂：除了他没别人了吧？

有一个叫夏清的人加入了聊天：他怎么不去死呢？

谷蒂：死一万次都不够。

陶籁：会不会是他的粉丝干的？之前娜娜发长微博的时候不是有粉丝回复"看不住男人完全是女人的问题"吗？这么维护他的话去杀人也不奇怪。

谷蒂：对对对，我记得还有人转发说"可是有的妹子也是自己送上门的啊。一个男孩子忍不住不正常吗？女朋友正室地位没变，跟其他女孩子也没有很过分吧"，说不定就是她们，我来搜搜ID。

夏清：她们怎么这么善解人意？

谷蒂：那她们以后的男朋友一定很幸福。

群里说着说着就开始聊起了别的话题。

夏清：最近都发现自己黑了，有没有推荐的美白的东西啊？

谷蒂：我听说珍珠粉可以美白的。

夏清：就是要和芦荟拌一起做面膜吗？好麻烦哦，而且感觉糊状的东西抹在脸上超恶心的。

谷蒂：有个珍珠粉胶囊，吃下去就好了，没这么麻烦的。

陶籁：SK-Ⅱ的小灯泡好用。

谷蒂：为什么不吃珍珠粉胶囊呢？比小灯泡便宜多了。

陶籁：实在不行就用海蓝之谜的美白精华。

谷蒂：我知道有一家卖珍珠粉胶囊的店特别靠谱。

夏清：来来来，快告诉我。

陶籁：最近我毛孔变大了，有没有什么推荐的护肤品啊？

谷蒂：有有有，城野医生的化妆水特别好用！

登录了徐娜QQ号的邱灵像发现了新大陆一样导出了这段聊天记录。

"天哪，前辈，我的三观完全被刷新了！"邱灵全神贯注地盯着电脑，也去搜发表那些奇葩言论的粉丝去了。

傅真吃着泡面，还在盯徐娜小区的监控。

"廖辰！"

傅真低呼一声，邱灵听见后冲到傅真身边。傅真暂停的地方，廖辰正在把一个塑料袋递给徐娜。傅真激动地把画面放大了好几倍，依稀可见塑料袋里装着一块蛋糕。

监控显示就是案发当天。

"天哪！"邱灵惊呼，"他今天明明已经见过徐娜了，为什么后来还要去？"

"重大嫌疑！"傅真激动地从椅子上蹿了起来，"快去申请搜查令！"

第二天晚上八点，史内克的家中，在史内克的逼视下，傅真差点儿跪在他面前。

昨晚傅真驾车去廖辰家门口逮他，发现他并不在家，邱灵告诉傅真他在宾馆开了房。傅真让邱灵在廖辰家门口守着，自己带人去了廖辰开房的宾馆，前台告诉他廖辰已经退房了，并描述了和他一起开房的女生的长相，傅真判断是沈温良。他又去了沈温良宿舍，向她打听廖辰行踪，她说半个小时前他们就分开了。

傅真忽然想起廖辰和安梓静有约，便去打听他们约定的地点，谁知安梓静说不想去。无论傅真如何软磨硬泡，安梓静始终不为所动。在此期间，安梓静手机的微信消息一直响个不停。傅真嘴皮子都要磨破了，安梓静忽然抬起头来说："我答应他吃晚饭了，晚上六点。"

傅真欣喜若狂，打听了两人约会的地点，打算带人伏击。但是他们一直在餐厅外等到七点也没等到廖辰，甚至连安梓静都没有看到。傅真以为是廖辰临时换地点，便给安梓静打了电话，谁知安梓静手机处于关机状态。

那时的傅真冷汗已经滴了下来。

史内克冷冷开口："所以你是准备拿我的助理当诱饵？"

傅真顺势点头，忽然觉得哪里不对，又拼命摇头。

"那现在鱼呢？"

"手机关机，我想是跑了……"

"你这个鱼钩怎么不断呢？"

"别这样嘛，你看小邱都不敢来了。"

"两天之内给我找到人，活的，不然就切腹。"

傅真唯唯诺诺地答应，然而心虚得厉害。

史内克忽然问他："廖辰为什么要抓安梓静？"

"当人质？"

"那他怎么知道你们要抓他？"

"大概是有人通风报信？"

"希望如此。"

傅真满眼不解。史内克只能不耐烦地跟他解释："在你们抓到廖辰之前，安梓静对他来说还有利用价值，不会撕票。但前提是她的确是廖辰绑架的。"

傅真恍然大悟："如果真是这样，他大概会打电话过来谈条件。"

"他有你的号码吗？"

"没有！"

史内克以看智力障碍者的眼神看着他。

"阿克，为了你可爱的助理，你就协助调查吧。"

"我现在开始怀疑她是被你绑架的，你以此为胁迫，让我协助调查。"

"我对天发誓，我是清白的！"

史内克斜了他一眼，懒得和他说话，拿起衣架上的外套："带我去现场，给我看这起案子的所有资料，还有，让你的手下去查安梓静从所里去那家餐厅一路上所有的监控。"

从事务所到廖辰所选餐厅只有步行十分钟的距离，可这十分钟里有五分钟是要穿过一条没有监控的小路。在监控里，安梓静进入那条小路后就没有出来过。

史内克打着手电筒进入了小路。

这条路虽然不长，但晚上没有路灯，要找起东西来着实困难。

史内克站在这条小路的路口，思考犯人究竟是如何把安梓静带走的。这条路一共只有一头一尾两个路口，想要出去只能走这两个地方。但是这两个路口的不远处都装有监控，如果有什么异常，正在查看监控的警察早就报告傅真了。

除非那个人是从旁边的停车场过来的。

如果当真是这样，那个人应该早就等在那里了，就等安梓静过来。

可是安梓静为什么会上那个人的车呢？

史内克想着往停车场走去，手电筒的灯光忽然晃到一小束反光。他停下脚步，重新照向刚才照到东西的周围，猛然看见一支没有笔帽的钢笔掉在地上。

是他几个月前送给安梓静的写乐限量钢笔。

傅真凑了上来："找到东西了？"

史内克照着钢笔沉吟，看见钢笔尖开了叉，玫红色的墨水从里面漏了出来，染了他一手。

"应该是她留下的线索。"史内克把钢笔塞到傅真手里，"如果是不小心掉的，这支钢笔不会没有笔帽，是她故意扔下来的。"

为什么犯人没有注意到她扔钢笔呢？

很可能那个时候犯人在车里。

也就是说犯人是开着车过来的，安梓静上了犯人车后发现了不对劲儿，当机立断把钢笔扔出了车窗。安梓静对开车的人毫无防备，那是她认识的人。

"傅真，"史内克在停车场蹲下身子，手电筒照着那里的地面，"让痕检员来检查这里的痕迹，对比廖辰车子的轮胎花纹。"

"你确定是廖辰吗？"

"不是廖辰，安梓静不会轻易上车。"史内克起身，"犯人是她认识的人。"

话音刚落就有警察给傅真打了电话，他们查到了廖辰车子的行驶记录，在今晚六点有出现在小路事务所的这一端，而后一路向南开过去了。后来车子又绕了几个圈，开进长安路后就没见出来过。

史内克忽然面色铁青，二话不说抢过傅真的车钥匙便坐进了傅真的车。

"阿克，你怎么……"话说到一半，傅真的脸色也白了，他想起来长安路那里有个地方正在施工，并且工程队明天一早就要在那里进行爆破。

史内克僵直着背脊，右脚始终踩在油门上。

虽然明天一早工程队才会对那里进行爆破，但那个地方是座危楼，他怕自己去得晚了，那里的老旧房屋就先塌了。或者工程队突然改变了主意，选择立刻爆破。

尽管知道这是不可能的事，但史内克背上还是渗出了冷汗。

终于到了施工的地方，工程队已对那里进行了疏散，不让任何人进入爆破区。现在工程队已经下班，没人能进入那个地方，史内克在外面异常焦躁，他几乎都想翻墙而入。

"阿克，我把工头找来了。"

傅真下车时满头大汗，工头也心急火燎地从车上下来，一边嘟哝："怎么会有人进去呢？明明都已经疏散了。"

三人进入了待爆破区，赫然看见那块地方的中央放着一只黑色行李箱。史内克三步并作两步走去，见行李箱上还挂着一把密码锁。

"钳子。"史内克向傅真伸出手去。

傅真亲自把那锁夹断，史内克深吸一口气，拉开了行李箱的拉链。

安梓静双目紧闭地蜷缩在里面，手上染满了玫红色的墨水。

史内克的手颤了几下，终于握住了她的手腕，微弱的脉搏在他的手指下跳动。此刻他僵直的身子才放松下来，站起身来踉跄几步，拨打了急救电话。

　　傅真怎么也没有想到，在找到安梓静后史内克会主动提出协助调查。
　　从医院出来，史内克的脸色依然不是很好看，傅真在驾驶座上紧张地吞咽了口唾沫，经验告诉他这个时候还是不要和史内克说话比较好。
　　安梓静吸入乙醚过多，加之缺氧时间过长，整个上半夜过去了她依然昏迷着。在医生亲口说脱离了生命危险后，史内克才和傅真出了医院。
　　车子开了整整半个小时，史内克一句话都不说，自然傅真也不敢说。
　　但是什么声音都没有，傅真觉得实在憋得慌，索性清了清嗓子。
　　史内克突然开口："我助理的医药费。"
　　"报销报销。"傅真忙不迭回应。
　　史内克的脸色总算缓和下来。
　　傅真赔着笑脸问他："送你回家睡觉？"
　　"去警局，查廖辰。"
　　"……不是吧？这么拼。"
　　史内克缓缓转过头来，目光冰冷地看着他。傅真缩了缩脖子："知道了知道了，今晚陪你通宵。"
　　史内克这才把头转回去，一脸不爽地看着窗外。
　　傅真问道："话说如果我被犯人抓了，你也会这么紧张吗？"
　　"那真是值得开香槟庆祝的事。"
　　"说话要摸着良心。"
　　"我的良心是滚烫的。"
　　傅真简直无话可说，却依然心甘情愿地载着史内克去了局里。
　　"为什么廖辰会抓安梓静？为什么抓了安梓静还要灭口？安梓静不可能知道案子的隐情，否则她会告诉我的。所以他抓她是为了什么呢？"

"为了显示他的高智商？"

"我觉得你还是不要秀智商比较好，我嫌丢人。"史内克挤走了正在查看监控的小警察，全神贯注地盯着电脑屏幕。

路段是宾馆前，时间是昨晚十点。廖辰与沈温良从宾馆出来，廖辰开车将她送回了学校。在回家的路上，他接到一个电话，而后汽车的驾驶方向变了，开进一条小弄堂后就没见这辆车开出来过。

"傅真，去查廖辰的通话记录。"史内克神色不变地盯着屏幕，"再帮我拿张地图来。"

廖辰最后的通话号码是通过公共电话亭打出的。

"反侦查意识挺强。"史内克"啧"了一声，拿出青芜市的地图，在上面画了三个圈。

傅真探出脑袋："你在画什么？"

"公共电话亭的位置、那条弄堂的位置以及找到安梓静的地方。公共电话亭应该不会离报信者太远，否则报信人就要使用交通工具。现在公共电话亭已经很少了，报信人的方位很容易找到。廖辰停好车后得出来，或者直接在弄堂里藏了一宿，之后他就开车去停车场埋伏等安梓静。所以他总要从那里出来，还得躲过摄像头。在将安梓静在长安路放下后，他还得找到藏身之处。现在最大的可能是他会住在报信人的家里。那么报信人是谁？为什么会知道警察要抓他？或者是你们内部的人，或者是看到了你们在赶向廖辰家。"

"我们队里没有认识廖辰的。"傅真急忙否认。

"那就算报信人看到了你们，又怎么确认你们就是去抓廖辰的呢？"

傅真答不上来。

"这个人在廖辰家门口，并且知道他涉嫌徐娜的案子。"

知道廖辰家地址的人，离公共电话亭近的人，知道他涉嫌徐娜案的人。

史内克调出了昨晚九点半后廖辰所住小区的监控,在十点看见陶簌走入了小区。

"真是深情啊。"他不禁冷笑,瞥了傅真一眼,"这是明天的目标。"

早上上学时,陶簌有些疲惫,险些在早自习上睡着。徐娜的位置空着,没有人主动提她的死讯,班级里的气氛和平时也没有区别。

如果傅真没有带着警察来拜访的话,大概没有徐娜的教室跟往日也不会有什么不同。

尽管傅真去教师办公室时穿的是便衣,但是他是警察的风声还是传到了整个教室里。和徐娜关系比较疏远的同学纷纷猜测发生了什么。陶簌在议论中脸色苍白地往教室外走去。她实在是不想听见任何有关这件事的话题。

她刚走到门口就看见一直站在那里的史内克。

"昨晚去廖辰家了?"

史内克开门见山,倒让陶簌大脑短路了几秒。

"看见了警车,然后打电话告诉正在宾馆的其他警察去抓他的消息。"

史内克的话像刀子一样刺到她心里。

陶簌茫然地问他:"在外面……开房?"

"和名叫沈温良的人。"

陶簌咬紧了下唇,她有些站不稳。

"后悔吗?"史内克嘴角笑意有些嘲讽,"说不准他现在又在跟别的女人鬼混。"

陶簌依然不说话,但是脸色越来越难看。

"刚发生这样的事,他转头又去追我的助理。"史内克哂笑,"他现在在哪里?"

"我不知道……"陶簌轻声回答,"我相信他没有杀人,他胆子这么小,不会杀人的。"

"那他知道徐娜柠檬过敏吗？"

"不知道。"说完后陶籁回过神来，忽然间发出"啊"的一声轻呼。

史内克眼神瞟到她脸上，她又往后退了一步，转过头去拒绝接上史内克的目光："不，他不知道，我没告诉过他，我告诉他这个干什么？"

"你的话有点儿多了。"

史内克不再追问，心满意足地走向办公室。

傅真还在向徐娜的班主任打听徐娜的情况。

"徐娜同学性格很好，平时比较喜欢打抱不平。"班主任神色严肃，"但是我不认为她会有想要置她于死地的仇人。"

"打抱不平？比如说呢？"

"如果有同学作弊她会告诉我。"

"……"傅真忽然无言以对。

史内克正打算喝水，听见这句话后一口水差点儿呛到气管里。

傅真苦笑："您好像误解了打抱不平的意思。"

"如果因为作弊而取得高分，那是对其他同学的不公，所以说打抱不平也没什么不对。"班主任神色如常，"徐娜同学的学习状况也不用我们操心，成绩一直很稳定，如果没有发生这样的事，她一定能考上名牌大学。"

此时医院打电话给史内克，告诉他安梓静醒了，史内克当即抛下傅真赶去了病房。

病房里安梓静正半躺在病床上输液，双眼茫然。一见病房门被打开，她当即坐直了身子，紧张地看着门口。

史内克一抬头就看见她全神贯注地盯着自己，愣了一下。

安梓静看见史内克后也没有放松绷紧的身子，只是往后挪了挪，低头轻声说："对……对不起。"

史内克有些发愣，旋即明白了安梓静道歉的事情，内心开始烦躁。他还是绷住了情绪，用四平八稳的声音对安梓静说："以后不要做这种事。"

安梓静有些疑惑。

"不是傅真拜托你去钓廖辰的吗？"

"不……不是这样的，原先我拒绝了傅警官。"安梓静的声音越发弱了，"就是因为廖辰给我发消息说，在我哥哥被执行死刑之前，他是唯一在哥哥身边的人，哥哥拜托他好好照顾我。我想知道更多关于哥哥的事才去赴约的。"

史内克额头的青筋跳了跳。

安梓静被他的神情吓了一跳，头低得更厉害了："对……对不起，是我把事情搞砸了，不关傅警官的事。我只是想知道十二年前发生了什么，我为什么会把哥哥给忘了……以后不会做这样的事了……"

"安梓静。"

听见史内克凝重的声音，安梓静觉得他下一秒就要暴跳如雷了，更加害怕，连应声都不敢，只把头埋得死死的，等待他的责骂。

"当年看着你哥哥被执行死刑的人是我，是唐飞花特许我去见他最后一面的。那个时候你也在我身边，只不过后来晕倒了，然后我再也没见过你，直到你自己出现在我的事务所门口。"史内克的青筋越来越明显，"我想以廖辰的人品，你哥哥应该不会拜托他照顾你。"

安梓静呆了半天才消化了史内克所说的内容。

"在那条小路上发生了什么？"

"我走到那里，看见了廖辰的车，他朝我按了喇叭。我当时觉得有点儿奇怪，明明餐厅就在不远处，为什么他还要开车过来？但是他又按了按喇叭，我就走了过去。才上副驾驶，我就被一块手帕捂住了嘴巴，情急之下我掏出钢笔往他手背上狠狠扎了一下，随后把钢笔扔出了车窗。"安梓静眨了眨眼睛，"但是我肯定那不是廖辰，因为我闻到了香水的气味。"

"有男士香水？"

"不，是玫瑰味的香水。"

史内克陷入沉思："女人开着廖辰的车？"

"我记得那香水的味道，如果再让我闻一闻，一定能辨认出来。"

"那么廖辰去哪儿了？"

安梓静呆了一呆："是啊……廖辰的车为什么会是别人在开……"

"一种可能，这个女人是廖辰的共犯；另一种可能，这个女人还挟持了廖辰。"

"哇，阿克，你说什么？"

突然响起的声音把两人吓了一跳，史内克回头，傅真和邱灵不知道什么时候已经在病房里了。

"阿克！"没等史内克反应，傅真一个箭步蹿到史内克身前，"刚才唐飞花打电话来，说锁定了廖辰在涡州房子的位置，正在赶往那里。"

见史内克面色不善，邱灵补充："我们查到廖辰在涡州市有房子，就拜托唐局查了一下，效率好高啊！"

"我倒是忘了，她已经变成局长了。"

傅真大惊失色："你的重点好像错了！"

"局长亲自帮我们调查这个案子，真是万分荣幸。"

"等等，廖辰的微博居然更新了。"

邱灵把手机放到史内克和傅真面前，廖辰的微博首页上果然多了一条长微博，发表时间是今天凌晨三点。到现在为止，转发已破二十万，评论十万。

"不愧是网红。"邱灵说着点开了微博，"不过写的什么狗屁东西？"

廖辰长微博的标题是：是时候说点儿什么了。

大家的谈笑风生我都看见了，也全都一一记在心里，单对这次事件我总要说些什么才好，不然显得我不是个男人。我承认我伤了很多妹子的心，也打破了很多人的幻想，但我不觉得我做错了什么，因为每一个女孩我确实都很喜欢。

我为她们付出了感情、精力和金钱，而她们和我交往也都出于自愿。

陶簌，你应该是受伤最深的，还为我割腕，你傻不傻？以后不能再这样了，乖。但我没想到你也会一起闹，你一向是很乖的，我和你的话以后慢慢说。

沈温良，你脾气向来不好，没事就摔东西，我的花盆都被你摔破过好几次。而且你说你有心理疾病，我说会和你一起面对的，你忘了吗？你也不小了，怎么还和她们一起闹？我答应你的事一定会做到，你要乖乖等着。

夏清，你可是最绝情的一个了，连消息也不回，一声不吭就把我拉黑了。我们开房的钱中我的那份还没还给你呢，你不要钱啦？赶紧把我加回去，骂我也好打我也好，我绝没有任何怨言。不过你是黑我最少的那个，我想你心里一定还有我吧？你的成熟冷静让我多少有点儿心理安慰。

徐娜，我真的没有想到事情最后会变成这样，我是喜欢你的，你怎么就走了呢？这该让我多伤心啊。而且你居然相信了她们的诽谤，我也没想到你会发那种长微博。你说我哪里对不起你了？我送了你多少东西？如果你还活着，我一定好好和你算这笔账。

我也不知道为什么大家都骂我，我是在喜欢之后才和她们交往的，那些只走肾的人才能够称之为坏男人吧？

本来发生这种事情，我不出来就好了，等风头一过大家依然会回来听我唱歌。可是最近我遇到了真爱，我想无论如何，她应该会喜欢这种敢做敢当的行为。她是我初中同学的妹妹，我想一定是命运让我们相遇和重逢。安梓静，如果你不能接受我超前的恋爱观，我一定会为你改变我自己。

好了，我去反省了，大家继续闹吧，但我还是会坚持直播的！

在我休整之后，等我回来。

傅真觉得自己的三观受到了冲击："我一定是病了，才会产生这种幻觉。"

邱灵说："你再看评论。"

傅真点开评论，下面有不少人说：

"回来就好。"

"他们是嫉妒你的才华，老大你很棒。"

"永远爱你。"

"就喜欢你这样敢做敢当的男人。"

"有些贱人就喜欢站在道德制高点看问题。"

傅真目瞪口呆。

"不过看见大多数人在骂他我就放心了。"邱灵无不欣慰。

"其实我还是挺同情梓静的，在这种情况下被表白。"

"还是指名道姓的。"史内克额头的青筋又暴出来了，"可以举报吗？"

"不不不，你冷静点儿。"傅真觉得史内克这个表情不是去举报，而是要去杀人了。

邱灵又说道："我在看到这条微博的时候已经让技术人员去查IP地址了，追踪出的地址和唐局说的房子是一个地方。看来廖辰就躲在那里。"

唐飞花亲自带人包围了廖辰在涡州的房子。

这是一栋普通的居民楼，几乎没有居民，应该是新建的楼盘，很多房间还没有装修。廖辰家在顶层，也只有他家门上贴了"福"字。

门口灰尘不少，留下了几个脚印。

唐飞花站在门口摘下墨镜，她闻到了一股浓重的血腥味。

她对着后面的警察使了个眼色，几名警察立刻破门而入。

枪指着室内的瞬间，血腥味直扑唐飞花鼻腔。

她面色不改地大踏步走入，观察客厅的摆设。正对着大门的是一张长形餐桌，餐桌上的花瓶里插着一枝玫瑰花。她上前嗅了嗅，花香四溢，瓶里的水是新鲜的。桌上很干净，除了花瓶，连一片花瓣也没有。

唐飞花的目光瞟去客厅另一边，那边摆放着电视机、茶几和沙发。茶几上摆着一盘坚果。她端起坚果盘，盘底滴下一圈的水。但是茶几上没有水杯。她向警察们比了个手势，警察悄无声息地往里去查探，她一手按着手枪，一边往厨房走去。

厨房里有整套刀具，煤气灶最近才用过，上面放着两口锅。唐飞花盯了锅盖几秒，猛然打开锅盖，里面空空如也。她轻轻吐出一口气，如释重负。

她又走入卧室，被子胡乱散在床上，床单有明显的褶皱。床头只有一个枕头，枕头中间微微凹陷。

她从卧室出来时，警察们已从别的地方出来了："唐局，一个人也没有。"

"还有什么发现吗？"

"卫生间有两把牙刷，但只有一个刷牙杯，有一把牙刷是新的。淋浴房前有两双鞋，可是浴巾只有一条，毛巾也只有一条，梳洗台上只有一套男士的护肤品。"

唐飞花点点头："挺注重外表啊。"

"唐局？"

"那边还有个仓库。"

唐飞花说着走入了仓库。

仓库的地上出奇地干净，但是其他的物品上面都有一层灰。她摸了摸物品表面，一层灰很快留在了她手指上。她捻了捻手指，一瞥眼，在一堆纸箱下竟发现了几段剪断的绳子，于是俯下身子把绳子捡起来，没有碰到箱子的地方没有掉落灰尘。

唐飞花把绳子放入了证物袋里，忽然笑得有些诡秘。

"唐局，其实您不用亲自来的。"旁边的警员诚惶诚恐。

"没关系，听说史律师也亲自协助调查了，我只是对这个案子有点儿兴趣。"

"唐……唐局……"一名年轻的警察从阁楼上下来，看见唐飞花后满眼惊恐，正想说什么，忽然喉头一动，他慌忙跑到门外吐了起来。

唐飞花扬了扬双眉，带头走上了阁楼。

血腥味越来越浓，待他们走出楼梯，白墙上的血迹扑入他们眼底。

站在唐飞花身后一个年长的警官忍不住骂了一句。

"这里也有！"又一个警察指着地板上的血迹大叫。

唐飞花顺着他的手指看去，那血迹显然是在被拖动的情况下造成的，她顺着血迹往前走，阁楼的卧室里也到处都是干涸的血液。

"一个人要是流这么多血，差不多该死了。"唐飞花说得轻描淡写。

可是搜遍整个屋子，他们也没有找到廖辰的尸体，甚至连一块尸骨都没有找到。

"检验血迹，墙上和地板上的。"唐飞花低头吩咐，"还有那根绳子上的痕迹，搜集床上的皮屑，确定廖辰住过这里。"

夏清也看见了廖辰的长微博，她气得差点儿捏爆自己的玻璃杯。

QQ群里自然炸开了锅，妹子们纷纷表示从未见过如此厚颜无耻之人。

谷蒂：他居然提都没提到我，哈哈哈，大概在他心里，并没有觉得哪里对不起我吧？

沈温良：小清，他没有付你的房费是怎么回事？

说起这个夏清就来气。上一次开房的时候，廖辰问她身上有没有现金，她以为廖辰忘带钱包，就付了房费。等开完房出来，廖辰掏出钱包买了一盒烟。面对她质疑的目光，廖辰神色如常："我又不是出来嫖的，你付也是应该的，毕竟睡到我就是赚到了。"

夏清当时就有了分手的念头，只是没有想到最后分手会是以如此令人心塞的理由。

她把这事敲到了群里，几个女生集体陷入了沉默，还是陶籁在一分钟后打

破了尴尬：所以他说的这钱是开房AA的钱？

夏清：我也不知道他为什么要把这件事写上，难道他觉得这样可以洗白？

沈温良：他这样更容易招黑吧？

夏清：不是很懂男人的脑回路，我的三观已经被冲击很久了。

谷蒂：我和他开房的钱还是我付的……

陶籔：你那次不是第一次？

谷蒂：因为他说吃饭看电影都是他付的钱，女孩子应该独立一点儿，不能老花男人的钱，我当时觉得非常有道理……

沈温良：亏我还通宵给他织围巾，真没想到他这人这么不要脸。

夏清的心"咯噔"一下，她想起去年冬天廖辰送了自己一条围巾，说是花了重金找朋友从国外代购的。虽然找不到任何大牌logo（标志），但想到是对方的心意，她什么都没说就收下了。现在沈温良提起，夏清就觉得那条围巾的触感很像手织的。

于是她问道：那围巾是灰色的吗？

沈温良：对啊，你怎么知道？

夏清把围巾翻了出来，拍了张照传到QQ群。

沈温良：对，就是这条，不过它怎么会在你手里？

夏清解释了围巾的来历，群里再次陷入沉默。过了好久，陶籔才说了一句：真该死。

夏清打了个寒战，隔着屏幕她都能感觉到这三个字里的杀意。

史内克忽然收到唐飞花的微信，是几段绳子的照片。

唐飞花：史大律师，猜猜这是干吗用的？

史内克：给个提示？

唐飞花：那就太明显了。

史内克：捆绑？

傅真正在旁边喝水，一不小心瞥到了史内克的手机屏幕，忍不住一口水喷了出来。此时恰好医生走进查看安梓静的状况，目睹傅真朝安梓静的方向喷了口水。跟在医生旁边的护士手疾眼快地把傅真扯到门口，嫌弃地瞥了他一眼。

"没什么大问题，下午可以出院了。"医生吩咐了一句就走了，没有给傅真解释的机会。

史内克淡淡地"嗯"了一声，微信声又响了起来。

唐飞花：原来你喜欢这样的？

史内克：在廖辰屋里发现的？

唐飞花：检测到了皮屑，上面还有微量血迹。

史内克：绑得可真紧。

唐飞花：皮屑的DNA和床上的一模一样，资料已经发给傅真了，可以比对一下。

史内克：屋里有第二个人，但是那个人并不住那里。

唐飞花：真有情趣。

史内克又收到了餐桌上玫瑰花的照片。他把照片放大，突然看到了一点儿痕迹，也懒得发消息，直接打电话给唐飞花："你们现在还在屋里吗？给我拍下椅子特写。"

唐飞花一连给他发了十张高清图片，史内克一一打开查看，在最后一张照片上停了下来。

他在上面发现了一点儿红色的东西。

史内克：最后那张照片的椅背上有血迹。

唐飞花：还真是。

史内克：绳索是被刀割断的，割断绳索的刀在哪里？

唐飞花：厨房有整套刀具，我让痕检员去检查。

过了一会儿，唐飞花再度发来了消息：切牛排的刀上有鲁米诺反应①。

史内克：看来是廖辰被人绑在了椅子上，然后趁那个人不在的时候，自己用切牛排的刀割开了绳子，然后不见了。

唐飞花：看来有情趣的是绑他的人啊。

史内克：那现在廖辰呢？

唐飞花：我也想知道。

史内克放下手机，对傅真说道："廖辰家里发现了大量的血迹，正在检测DNA，在廖辰消失之前，他很有可能被人软禁在了那里。"

"软禁？"

"被人绑在了椅子上。"史内克垂目，回忆唐飞花发现的东西，"也许被人用勺子喂饭。"

"……"傅真听得目瞪口呆。

邱灵也打了个寒战："太变态了吧……"

"如果真是这样，那么那个人的占有欲极强，所以安梓静才会遇袭。但是如果袭击安梓静的人不是廖辰，那么那个人必定看过廖辰的手机。不，廖辰绝对不会把自己的手机给别人看，那么就只剩下一种可能——那个人在廖辰的手机里装了监控。"

安梓静感觉到背脊上有丝丝凉意。

"看来……那几个女生得一一盘问了……"傅真咽了口唾沫，"先从陶簌开始吧。"

---

① 鲁米诺是检测血液的试剂，可以检测出肉眼无法看出的血迹。在凶案现场只要有血液溅出并沾到任何物体上，不管事后经过何种方式的清除，只要用鲁米诺试剂喷洒在其上并在暗环境下观察的话，原沾有血迹的地方就会有因发生荧光反应而呈蓝白色的荧光。

本想在学校里再问陶籁关于廖辰的事，然而傅真到了陶籁所在的班级后，却被班主任告知刚才在他们离开后不久，她身体突然不适，请假回家了。傅真一行人火速赶往了陶籁家，却看见她家的门开着。

邱灵有种不好的预感，直冲入门内。

陶籁趴在地上，周围散落着打碎的玻璃杯。她的胳膊上满是血痕，血浸染了她手腕上的绷带。

"快叫救护车！"傅真对着邱灵大吼，然后他一个人朝外狂奔。

陶籁的伤口还在流血，说明动粗的人逃出去不远。

史内克蹲下将碎片拾到证物袋里，在客厅走了一圈。

椅子打翻在地，茶几玻璃碎了一小块，遥控器、果盘这些东西七零八落地撒了一地。

邱灵正准备拨打120，倒地的陶籁慢悠悠地从地上爬了起来。邱灵忙放下电话去扶她，又去厨房拿了水杯给她倒水。傅真此时也回来了，一脸颓丧。

史内克问道："没抓到人？"

"就跟飞了一样，到处都找不到。"

陶籁突然捂脸哭了。

"是不是廖辰？"邱灵几乎就要拍茶几了，恨铁不成钢地问陶籁，"为什么要藏他？"

"就算全世界都怀疑他，我也不相信他会杀人！"陶籁大哭，"这是爱，你们不懂！"

三人一时无话可说。

"那你现在这个样子又是谁害的？"邱灵看着满屋狼藉，"你只是个高中生，是作业不够多吗？脑子里整天都在想些什么？"

陶籁又哭了起来，哽咽得一句话也说不出。

"他惊慌失措地来学校门口找我，求我让他躲在我家里，我就请假带他回

来了。可是他忽然在窗口看到你们过来，就问我是不是我泄露的风声。我怎么可能出卖他呢？他要走，我不让他走，我说出去会被抓的，可是他已经不相信我了……"陶簌哭得梨花带雨，"于是我们就争执起来，他甚至打碎了水杯威胁我，还割伤了我……"

她说着要去收拾地上的碎片，却被史内克阻止："你身上有伤，我来。"

他戴起手套，把碎片全部捡入证物袋里："之前你们在干什么？"

"我看他一晚上没睡好的样子，就煮了杯咖啡给他喝。"陶簌抽噎着，"但是他说口渴，我又给他倒了水，没过多久你们就来了。"

邱灵问："廖辰出去后还能去哪里？"

"不知道。"

邱灵努力克制着自己才压下了想要打她的冲动。

史内克问她："你的父母呢？"

陶簌抬起头来，不解于他为什么会问这个问题，但还是回答了："他们常年在外做生意，不怎么回家，每个月都会转账生活费给我。"

"他们不知道你割腕的事？"

"你们别告诉他们！"陶簌骤然紧张，双拳在膝头握紧，警惕地盯着史内克，生怕他突然掏出手机。

"你把廖辰一般会去的地方告诉我们，我们就不告诉你父母。"

看着史内克脸上似有若无的笑意，陶簌忍不住打了个寒战。

"除了宾馆、游戏厅……我就真不知道他会去哪里了。"

傅真语塞："你们这恋爱谈得真是随意。"

史内克又问她："那么廖辰知道徐娜柠檬过敏吗？"

陶簌咬紧了下唇。

"说谎的话你割腕的事就瞒不住了。"史内克脸上挂上了不怀好意的笑意。

"娜娜出事的前一天早上，他突然问我要不要吃蛋糕。我那时正生他的气，就没回他,他就又给我发消息说不理他的话他就给娜娜送蛋糕了。我心里有点儿害怕,就让他过来……然后我一不小心就说漏了娜娜准备挂他的事。他问我娜娜喜欢吃什么,他要去赔礼道歉,我打心眼里不想让他过去,就说这事我会帮他解决的。然后他就说早知道就先去娜娜那里了,还责怪我没有把这事早点儿告诉他。我一生气就对他说,反正这块蛋糕娜娜也吃不了,里面有柠檬,叫他想去就去吧。他很惊奇地问我是不是娜娜不喜欢吃柠檬,我就告诉他娜娜柠檬过敏……"

说到这里,陶籁又咬了咬下唇。

三人再度陷入沉默,傅真总结道:"果然爱情使人盲目。"

"你知不知道……"邱灵不可思议地看着她,"如果徐娜真的是廖辰杀的,那你就是间接凶手。"

"不会的,他怎么会杀人?不会的!我相信他!"

"感人肺腑。"

说这话时史内克扯了扯脖子上的领带。

傅真担心地看着他,觉得他都快吐了。

警方颁布了廖辰的通缉令。

邱灵看见通缉令后立刻对傅真起了意见:"前辈,你明明留的是自己的手机号,为什么联系人写我的名字?"

史内克往通缉令上瞥了一眼,上面赫然写着联系人是邱警官,而号码是傅真的。

"哎呀,隐藏身份嘛,有什么关系?"傅真"嘿嘿"笑着。

"那你为什么不留我的号码?"

"我这不是要保护你,怕你被骚扰嘛。"

史内克一点儿也不给傅真留情面:"我觉得他本来是想留你的号码的,结

果一顺手打成了自己的，就这么发出去了。"

邱灵瞪着傅真等他解释，但傅真打着哈哈直接往前走了。

谷蒂看到了警方颁布的通缉廖辰的消息，不知怎的，她有点儿兴奋，迫不及待地打开QQ群就要分享这条消息。但此时群里的几个人已经讨论开了。

陶簌：廖辰不知去哪儿了，你们看见他了吗？

沈温良：听说他袭击了你？他是怎么进入你家里的？

夏清：呵呵。

而后群里安静了，谷蒂想要插话，右下角弹出了一个加群邀请。这一次变成了三个人的群，只有她、夏清和沈温良。

夏清：看来陶簌还和廖辰联系密切，真是小看她了。

沈温良：那之前的割腕不会是为了挽回廖辰吧？找人应援也是这样，就想威胁一下这个男人，只是她没想到徐娜会把事情搞这么大，所以就把她杀了？

夏清：杀人应该不会吧，徐娜出事的时候她不是在医院里？

沈温良：难不成是和廖辰联手？

夏清：这样两个人就是一根绳上的蚂蚱，再也分不开了？

谷蒂忍不住打了个冷战，这样的话实在太可怕了，但她觉得沈温良讲得也不无道理。于是她打字道：我一开始就觉得她自杀以后还能发割腕的照片就很奇怪。

夏清：看不出一个高二的小妹妹戏还挺多啊。

谷蒂正数落得开心，忽然间有人敲门。想到陶簌被袭击的事，她不由得缩了缩脖子。但旋即想到她可是在宿舍，众目睽睽之下廖辰应该不会这么大胆。于是她壮了壮胆，打开了宿舍门。出现在她面前的是出示着警官证的邱灵。

傅真从邱灵身后探出头来，开门见山："谷蒂？"

谷蒂点头，但看见警察还是让她有点儿担心。怕引起同学们的围观和议论，她赶紧上前把门关上："请……请问有什么事吗？"

"廖辰最近和你联系过吗？"

谷蒂摇头。这也是让她心理不平衡的地方，因为作为廖辰的女友之一，在东窗事发之后廖辰竟没有联系过她，而陶簌和徐娜显然都见过他，夏清也说廖辰曾发微信给她求挽回，但被她毫不留情地拒绝了，并拉黑了他所有的联系方式。只有沈温良没有动静，似乎是和他断了联系，这才多少让谷蒂有点儿心理安慰。

"那你知道廖辰可能去哪里吗？"

"要么……游戏机房……要么……宾馆……"

傅真忍不住就要叹气，用膝盖想也知道廖辰这个时候不会出现在这两个地方。他转头想和身后的史内克商量，史内克并不想理他，专心致志地观察谷蒂的宿舍。

SK-Ⅱ神仙水和海蓝之谜的睡眠面膜赫然摆在谷蒂的书架上。

"你在勤工俭学？"史内克忽然问。

谷蒂莫名其妙："没有啊，我又不缺钱花。"

"你见过徐娜吗？"

"没有，我们只在群里聊过，而且就那么几天……"

"前天下午三点到四点你在干什么？"

"我在上课。"

"昨天傍晚五点到七点呢？"

面对史内克连珠炮似的发问，谷蒂呆了呆："你们是在怀疑我吗？"

"不不不，例行公事。"傅真忙打圆场。

"我就说，这个案子这么简单，肯定是廖辰干的。"谷蒂嘟哝着，"先杀徐娜解恨，再袭击陶簌，也只有他干得出这样的事了。"

史内克问她："你知道廖辰为什么袭击陶簌吗？"

"因为陶簌割腕辱没了他名声啊。"

正在一旁记录的安梓静把笔掉到了地上。

"现在的大学生脑子里都在想什么？"出了谷蒂宿舍后，邱灵忍不住抱怨，"连梓静都听不下去了。"

"不是，"安梓静否认，"我总觉得哪里不对，但是说不出来。"

傅真摸着下巴思考："有哪里不对吗？"

"对了，傅真，找到廖辰买蛋糕的那家店了吗？"史内克问道。

"啊，手下找徐娜的妈妈要了装蛋糕的袋子，发现了蛋糕店的店名。"傅真说，"幸运的是蛋糕盒也留着，里面沾着剩下的奶油和蛋糕碎屑。"

史内克有些意外："她把一整块蛋糕全吃下去了？"

"是啊，不然不会死吧？"

"那就奇怪了，如果蛋糕有柠檬味的话，她明知道自己柠檬过敏，不会一口都吃不出来。"

"哎呀，那有什么奇怪的，把柠檬汁混入蛋糕中很难吃出柠檬的味道吧？"傅真反驳，"而且如果蛋糕里不含柠檬的话，那她胃里的柠檬是哪里来的？"

"蛋糕应该在检测成分了吧？"

"例行公事嘛。"

四个人说着来到警局，此时蛋糕的化验报告已经出来了。如史内克所料，无论是碎屑还是奶油都不含柠檬。

这对傅真来说犹如晴天霹雳。

"太奇幻了吧……"傅真喃喃自语，"难道她自己喝下了一瓶柠檬汁？"

此时唐飞花那里也来了消息，屋子阁楼的满墙血迹只是血浆，只有地板上那道拖痕是廖辰的血迹。

傅真仰面躺在办公室的转椅上长吁短叹。

邱灵终于听不下去："前辈，你能不能安静点儿？"

"谁能告诉我廖辰跑哪儿去了啊……"

"如果知道的话这案子就结了！"邱灵朝天翻了个白眼。

"所以心烦啊……"

"不觉得很奇怪吗？"史内克忽然说，"如果廖辰有意制造出自己已经死亡的假象，那事后为什么还要去找陶簌？而且种种迹象都表明他曾经被人捆在椅子上，好不容易挣脱了，跑都来不及，又怎么会将血浆涂满墙壁？而且，他的血浆是从哪里来的？"

"你的意思是说……"傅真从椅子上弹了起来，"这些都是陶簌做的？"

"袭击安梓静那天廖辰的车被别人走开了，他怎么去涡州？"史内克斜了傅真一眼，"你就不能查查他的车票购买记录吗？"

"哦哦哦哦哦哦！"傅真突然浑身充满干劲儿，立刻派人去查廖辰的车票购买记录了。

安梓静目瞪口呆，小声对史内克说："所长，这么多年真是辛苦你了。"

"我也觉得自己很辛苦。"史内克面不改色。

整个办公室又陷入了忙碌的状态，满耳都是敲击键盘的噼里啪啦的声音。史内克打了个哈欠，自从昨晚得知安梓静失踪后，到现在他都没有好好休息过，他决定离开警局回去睡觉。傅真专注于案情的推进，都没有发现史内克二人的离开。

购票记录有了结果，廖辰在昨晚十点半确实买了从青芜市到涡州市的高铁票，但只有单程。他回头想要告诉史内克，喊了声"阿克"，没人理他，他奇怪地看向邱灵。

邱灵瞟了他一眼："他回事务所睡觉了。"

傅真郁闷地叹了口气，他的手机又响了起来。他以为是史内克打来的，立马蹦了起来，但一看来电显示是个陌生号码，又瞬间蔫了下去，懒洋洋地"喂"了一声。

邱灵见他这副德行，忍不住叹了口气。

但随后傅真的双眼又亮了起来："你是说廖辰今天联系过你？但用的是网络电话……好，好，想要约你出去但被你拒绝了……大约什么时候？今天下午一点？好的，谢谢你提供的消息。"

傅真挂了电话，整个人容光焕发。

邱灵问他："谁的电话？"

"夏清打来的，说廖辰中午十一点约她出去，但被她拒绝了。她思前想后还是决定把这条线索提供给我们，虽然不知道有没有用。"

"廖辰不是被通缉了吗？他还敢抛头露面？胆儿真大啊。"

傅真兴奋地搓手："可是陶簌说上午被廖辰袭击了，这时间线不是重叠了？"

邱灵忽然睁大双眼："陶簌在说谎？"

"夏清一定是看到陶簌被袭击的消息才会打电话来的，真是个聪明的小姑娘。"

傅真在陶簌家门口按了很久的门铃，他刚想也许她不在家，门就被打开了。陶簌只开了条门缝，但洗发水的味道还是传了出来。一看是傅真，陶簌把门全开了，一边用盖在头顶的毛巾擦头发，一边请他们进去。

邱灵开门见山："上午廖辰什么时候袭击你的？"

陶簌眨了眨眼睛："就是你们来之前不久，十一点左右吧。"

"可他那个时候正在给夏清打电话。"

陶簌呆了一呆："怎么可能呢……"

"是啊，怎么可能呢？"邱灵微微抬起下巴，"前辈的体能可是局里数一数二的，我刚才就觉得奇怪，廖辰跑得多快才不会被追上，就是没想到这是你虚构出来的。"

"不……不是的。"陶簌就快哭出来了，她伸出左手给傅真看手背上的伤口，"你看，我都被他划成这样了，难道你们要说这伤口也是我自己割出来的吗？"

邱灵严肃地点头："是有这个可能。"

傅真想到，被史内克搜集起来的玻璃杯碎片上的确检测到了廖辰的指纹。

陶簌没想到邱灵会回答得这么直接，呆了片刻后说："可你们指控我也得拿出证据来。"

她不服输地盯着邱灵，刚洗的头发还没完全擦干，发梢上的水珠一滴一滴地滴在家居服上。但她的气势始终比不上邱灵，没过多久，目光又缩了回去。

"你们如果要怀疑我那就随便吧，不过能不能撤了廖辰的通缉令？"

邱灵忍不住嘲讽："假如他真袭击了你，你还这么为他着想，那真是太伟大了。"

陶簌咬了咬下唇："那又怎么样，这种感情你是不会懂的。"

邱灵被噎得说不出话来。

陶簌看了眼挂钟，已经三点了："你们还要问什么吗？我一会儿约了人。"

"暂时没有了。"傅真收了笔记本起了身，"如果还有什么问题，我们还会来拜访的。"

出了陶簌家，邱灵还是忍不住抱怨："现在的高中生是不是都觉得只有自己才懂爱情？"

傅真苦笑："每个青春期的学生都这样吧？"

"前辈那个时候也这样吗？"

"……不，那时我只知道打魔兽。"

"好没追求哦，前辈。"

"我想去问下阿克的意见。"傅真挠了挠脑袋，"也不知道他睡醒没。"

"……"

"算了，先回警局吧，如果吵醒他，会被绝交的。"

"……"

见邱灵两度无语，傅真忙向她解释："我们可不能绝交，阿克可是我的王

牌！"

史内克一直睡到晚上七点才醒，整个事务所只有安梓静的电脑屏幕亮着。

"所长，傅警官下午找你。"

"什么事？"

"不知道，只说等你醒了再告诉你。"

"看来不是什么急事。"史内克从沙发上坐起，活动一下身子，"我有点儿在意那块蛋糕的事，一会儿我们去下徐娜家里。"

"可是所长你还没吃晚饭……"

"那先去吃晚饭，吃完再去徐娜家里，接下来没什么事的话再给傅真回个电话。"

"好的，所长。"

徐娜的妈妈比之前苍老了许多。

她见过史内克，虽然没有出示警官证，她以为他和傅真一样也是警察，因为第一次见到他时他就在傅真身边。

史内克还没开口问什么，她的眼泪已经在眼眶里打转："警官，抓到凶手了吗？"

"还在取证。"史内克回答得语焉不详。

"有我能帮忙的地方吗？"

"您女儿除了陶簌，学校里还有别的朋友吗？"

"娜娜在班级里人缘很好的，不过她和簌簌最要好。"徐娜的妈妈攥紧了双手，"我听说廖辰被通缉了……凶手真的是他吗？"

"这个还不知道。"史内克回答得心不在焉，他扫视着整个客厅。

客厅被收拾得干干净净，地上打翻的水渍也都被拖干净了。桌上的东西都被收入了杂物筐中，只是上面多了十几片安眠药。

徐娜的妈妈解释："娜娜走了后我一直睡不着，只好靠药物了。"

说着她的眼泪又差点儿涌出来。

"阿姨，生活最重要。"史内克瞥了那些形状不一的安眠药一眼，"别想不开。"

徐娜的妈妈愣了愣，再也忍不住眼泪，大哭起来。

史内克不想再刺激她，离开了徐娜家。

安梓静问道："有没有可能凶手给徐娜吃了安眠药后再把柠檬灌入她嘴里？"

"不，那样的话会在徐娜的胃里检测出安眠药，而且她的脖子上也不会有抓痕。显然柠檬是她在清醒的时候自己吃下去的，这才是奇怪的地方。"史内克说，"还有一点，之前徐娜的妈妈一口咬定廖辰是凶手，现在却又不确定是他了，这两天究竟发生了什么？"

傅真和邱灵来到小木屋律师事务所门前，见建筑没有亮灯，不由得有点儿失望。邱灵埋怨他："前辈，我就说你直接打电话给他就好了。"

"就怕他没睡醒……"

邱灵忍无可忍："我看他一点儿也不想理你。"

但是傅真依然站在事务所前不动，邱灵拔腿就想走，却被傅真拉住："万一他们一会儿就回来了呢？"

"现在早就下班了，他们还回来干什么？"

如果前方不是傅真和邱灵，史内克大概早就报警了。因为他老远就看见一男一女在路灯下拉拉扯扯，还是女方要走男方不让走。

"真是世风日下。"

史内克冷冷吐槽，傅真一听见他的声音，立刻欣喜地放开了拉住邱灵胳膊

的手:"阿克,有新线索,夏清说今天中午十一点时廖辰约过她。"

"然后呢?"

邱灵接着说:"刚才我们又去找了陶簌,她一副楚楚可怜的样子。"

"所以你们不怀疑她了?"

"不,侦探小说里这样的人都是凶手!"

安梓静惊恐地看着说出这句话的邱灵,她又看了看史内克,见他点头,她忍不住吐槽:"你是被傅警官传染了吗?"

史内克接话:"傅真真是我市公安的一大悲哀。"

"傅警官,你以后不能带新人了,新人都会被你带坏的。"

"本来邱灵小姐还是挺机灵的,她应该换一个上司,否则影响她的前途。"

傅真忍不住打断:"哇,你们两个什么时候一唱一和这么有默契了?"

现场一度陷入沉默,终于安梓静幽幽出声:"傅警官,你为什么都不生气?"

"大概他认同刚才我们说的话吧。"史内克说。

傅真依旧不生气,兴高采烈地问史内克:"刚才你们去哪儿了?"

"这不重要。"史内克根本不想回答他的问题,"你刚才说夏清打电话告诉你廖辰约过她?"

傅真点头。

"廖辰用什么约的?"

"网络电话。"

"他的手机开过机?"

"对……微信电话。"

"傅真,"史内克的声音骤然冷了下去,"这么重要的事你为什么不打电话告诉我?"

"我怕吵醒……"

"你知不知道袭击安梓静的人在廖辰的手机里装了监控,所以不管廖辰给谁发消息他全都能收到？"

傅真瞠目结舌："可是三点半的时候夏清又给我发消息了……"

"发的什么？"

"她说她有点儿害怕。"

"你怎么回的？"

"我叫她不要怕。"

史内克面色铁青："你是不是以为你在哄一个看恐怖片的小姑娘？"

"不……不是……"傅真看着他凝重的脸色，也慌了起来，"你的意思是……不会吧……"

在史内克的逼视下，傅真慌忙拨了夏清的号码，接通之后无论他怎么说话那边都没有声音，随后电话被挂断了。傅真再次拨打，夏清的手机显示关机。

傅真的冷汗都快把衣服浸湿了。

"你应该知道安梓静被袭击的原因。"史内克冷冷盯着他，"你最好祈祷夏清没出什么事，否则你简直就是见死不救。"

晚上八点半，傅真接到了唐飞花的电话，说在涡州廖辰的住房里发现了夏清的尸体。

傅真赶到的时候是晚上十点。

夏清仰面躺在客厅里，傅真上前检查尸体，夏清的身上除了脖子上的那一刀外一共被刺了六刀。匕首被丢在她身边。

只是地板上只有少量的血污。

傅真看着她的尸体，一时间说不出话来。

她的手机在她口袋里，里面的最后一条短信是：傅警官，我好害怕。

傅真回复：不要怕。

史内克的表情更冷了。

"看来凶手有点儿残暴啊。"唐飞花事不关己地捏着下巴,"不过傅真也不是第一次看见尸体了,史大律师,你的脸色怎么也这么难看?难道是早就猜到她会遇袭,但是没有阻止成功?"

"随你的便吧。"史内克丢下这句话就想回青芜。

唐飞花有些惊讶,歪头问傅真:"怎么,吵架了?"

安梓静闻到了血腥味,脸色也不是很好,呆呆地站在那里,忘了跟上史内克。

"安梓静?"

"还……还有气味。"安梓静僵直着脖子,"不是从这里传来的,还有一点儿微弱的血腥味。"

她的目光仓皇地投往仓库的方向。

史内克问唐飞花:"里面有什么吗?"

"多了一个行李箱,我没开,特地等你们过来。"唐飞花惊奇地瞟了安梓静一眼,"这么远都闻得到?"

安梓静并不想理她,只往史内克身后挪了挪。

警员按照唐飞花吩咐把行李箱拎到了客厅,所有人都紧张地盯着它。

行李箱被打开,里面空空如也,只有四壁抹上了些许血迹。

唐飞花扬眉:"这是运送尸体的工具?"

傅真问:"为什么要送过来啊……"

"应该是要造成在这里死亡的假象。"史内克蹲身检查行李箱,"和装安梓静的是同一款。"

"装安梓静?"唐飞花露出些许兴趣,"这么说小妹妹也被卷进去了?"

史内克正要回答,安梓静却冷冷地说:"不关你的事。"

唐飞花也不在意,史内克见她不在意便没有阻止安梓静看向唐飞花的冰冷目光,傅真倒是不明所以,忙替安梓静解释:"哎呀,这小姑娘平时不是这样的,大概今天心情不好。"

邱灵脱口而出："难道是情敌之间的较量？"

"呸。"安梓静再一次语出惊人。

"……好了，别管她们。"史内克有点儿尴尬，"看来凶手是想让我们把廖辰当作凶手了。"

唐飞花点头："的确，看来廖辰凶多吉少。"

"死亡时间是什么时候？"

"下午两点半到四点半。"

傅真插嘴："她三点半的时候还活着，我收到了她的消息。"

唐飞花睨了他一眼："收到了求救信息还是没有救到她，怪不得史大律师要和你生气。傅真，你要加油啊。"

傅真不好意思地挠了挠头。

史内克并不想理会唐飞花的话中话，接着说："行李箱也不是第一现场。"

唐飞花点头："案发现场应该在你们青芜。"

"现在的问题就是凶手是如何把行李箱运过来的。"史内克说，"汽车吗？"

"这个交给我们。"唐飞花说，"我立刻派人去看监控。"

"如果杀害夏清的凶手和袭击安梓静的是同一个，那么嫌疑犯便只剩下了沈温良、陶籁和谷蒂。"

"对对对。"傅真赶忙附和，"一定是和廖辰有关的女性。我在两点四十五拜访的陶籁，三点出她家，她说随后有约。"

"哦？是你亲自给她做的不在场证明啊。"史内克嘲讽，"那其他人呢？"

"我这就派人去调查！"

"不用派人，亲自去吧。"史内克往外走去，"明天一早就去。"

唐飞花说："你们调查你们的，这里的情况交给我就行了。"

"交给你我们一百个放心。"史内克点头，"虽然我觉得这里已经不用继续调查了。"

唐飞花耸耸肩："那就等你们的好消息。"

沈温良刚到教室就被傅真叫了出去，同学们顿时窃窃私语，讲台前的教授花了好长一段时间才平息了教室的骚动。

问话的地点就在教室外，坐在窗边的同学可以看见走廊的一举一动。

"夏清死了。"

沈温良的身子震了一下，不可思议地看着傅真："你说什么？"

"身上被刺了六刀，然后气管被切断。"

沈温良脸色瞬间惨白，她整个身子都在发抖："你……没有在开玩笑？"

邱灵瞪大双眼："没人会拿这种事情开玩笑吧？"

"不……不会的……"沈温良抱紧了自己，"徐娜死了，陶簌遇袭，夏清也死了……接下来不就轮到我跟谷蒂了吗？廖辰他到底想要干什么……"

傅真吸了口烟。

邱灵又瞪了他一眼："前辈，你能不能照顾下现场两位女士的感受？"

"哎呀，我现在有点儿烦恼，忍一忍嘛。"

"烦恼什么，你们现在不应该抓紧时间去逮捕廖辰吗？跑来我这里干什么？"沈温良盯着傅真，"你们警察办事效率怎么这么低？"

邱灵不服气，正要骂回去，被傅真往后扯了扯："我们想知道你昨天下午两点半到四点半在干什么。"

"什么意思？"沈温良看着他，"你是在怀疑我？"

"例行公事嘛，麻烦配合一下。"

"我昨天三点约了谷蒂见面，在商场买化妆品，五点半在商场一起吃了晚饭，到六点才回家。"

"有小票证明吗？"

沈温良想了想："你们等等。"

她反身跑回了教室，在同学们好奇的目光下拎着包又回到了走廊，从皮夹里掏出几张发票："这是买护肤品的发票，这是吃饭的发票。"

邱灵探头看去："CPB水磨精华……SK-Ⅱ小灯泡……哇，两个人吃饭吃了五百！出手真阔绰啊！"

沈温良莫名其妙地看着她："怎么了？"

傅真咳了一声："三点前你在哪里？"

"路上啊，昨天可堵了。"

"昨天是周一，你没有课？"

"这学期的课表是周一下午没课的，正好谷蒂也没课。"沈温良又问傅真，"你们为什么不去逮捕廖辰？明明他的嫌疑最大。"

"还没有实证，请耐心等待消息。"傅真叼着烟研究自己笔记本上的线索，"你最后一次见到廖辰是什么时候？"

"就是徐娜遇害的那天晚上，他送我回来后我再也没有见过他。"

邱灵问她："那次你们是用什么约见面的？"

"QQ啊，怎么了？"

邱灵"哦"了一声，又哼道："明明同伴死了却还有闲情逸致去宾馆，真有良心。"

沈温良被噎得瞪圆了双眼，立刻反唇相讥："怎么，我和徐娜的感情又不是很好，倒是陶簌，那天晚上不去陪陪好闺密的妈妈，反而在群里聊廖辰的八卦。"

"……其实最过分的是廖辰吧。"见场面又要失控，傅真忙打圆场，"如果你有廖辰的消息，一定要第一时间告诉我们。"

"那是当然，我巴不得看到他身败名裂。"沈温良翻了个白眼，"为了我的生命安全也一定要早点儿抓到他。"

史内克到谷蒂宿舍的时候她还在睡觉。

谷蒂只披了条毛毯就打开了宿舍门,一见史内克和安梓静两个人,顿时有点儿尴尬。史内克倒是目不斜视,也不管她乱糟糟的头发,径直走入了宿舍。

"怎……怎么了吗……"谷蒂慌张地打开了宿舍里的日光灯。

"逃课?"史内克低头看着自己的手指,目光都不想落到她身上。

谷蒂什么也没有回应,看来是默认了。

"那正好,不用请教授把你请出教室了。"

史内克话音刚落,安梓静当即默契地掏出了笔记本和钢笔。

"昨天下午两点半到四点半你在哪里?"

谷蒂愣了一下:"我三点约了沈温良见面,怎么了?"

"去干什么了?"

"就去逛逛商场,然后吃了个饭。第一次见面我不想迟到,两点半就出门了,结果提前十五分钟就到了商场门口,她还迟到了五分钟呢。"

安梓静做笔记的动作顿了顿:"迟到?"

"听说路上堵,不过五分钟也不是很久,又不是半个小时。"谷蒂倒是无所谓,"吃完晚饭后我们六点就分开了。发生什么事了吗,警官?"

史内克对谷蒂的七上八下视而不见,抬了抬眼皮,看见她手背上的创可贴:"受伤了?"

"昨天看唇膏的时候一不小心被货架割破了。"

"昨晚六点后你在干什么?"

"回来后我就在宿舍里看电视剧。"

"一个人?"

谷蒂点头:"室友有的去图书馆,有的去约会了……"

"年轻真好啊。"史内克感叹一声,又问,"你最后一次见到廖辰是什么时候?"

"我……"谷蒂欲言又止,不知是说不出还是不好意思。

史内克抬起眼来注视她，这让谷蒂更加慌张了。

"说实话，在徐娜出事之前我就没怎么见过他……要说最后一次的话应该是在上个星期吧……还是上上个星期，我都不记得了……"

"这么久不见，你就一点儿都没怀疑过吗？"

谷蒂摇头："心灵鸡汤里不是都说，爱情里要保持信任吗？"

史内克立即扭头问安梓静："我让你取关的那些写心灵鸡汤的公众号全部取消关注了吗？"

安梓静点头："你一让我取消关注我就照做了。"

"很好。"

"所以……到底发生什么事了？"

史内克终于回答了她这个问题："夏清死了。"

"什么？"

谷蒂一下子从椅子上跳了起来，往后连退三步，整个人进入了防御状态："你说什么？"

"我说，"史内克放慢了语速，"夏清死了。"

谷蒂浑身抖了抖："廖辰为什么要杀她啊……"

"看来你已经认定廖辰是凶手了？"

"不是他吗？我们群里都说是他啊……"

"为什么这么认为？"

谷蒂的目光忽然呆滞："除了他……没有别人了吧……"

"所长的意思是，你是用脑子分析出廖辰是凶手的吗？"

"肯定是他啊。"谷蒂一脸笃定，"除了他，没有人和徐娜有仇了。虽然不知道他为什么要杀夏清，但夏清的死肯定是和这个案子有关系的，说不定夏清掌握了这个案子的什么线索就被廖辰灭口了。或者说廖辰一心想得到夏清，但是夏清最近都对他不理不睬，廖辰一怒之下就……"

"廖辰在昨天上午十一点约了夏清。"

"你们看,我就说嘛,肯定是廖辰。"谷蒂得意起来。

"但是夏清没有赴约。"

"那……也许廖辰去了夏清家?"

"之后陶簌就遇袭了。"史内克冷冷接话,"而且夏清的遇害时间是昨天下午两点半到四点半,难道你要说她在那个时间段才去赴廖辰的约?"

谷蒂点头:"对对对,说不定她想通了,然后去见廖辰,谁知道被廖辰杀了。"

"既然她手里有廖辰的线索,为什么还要去见廖辰?"

"……一定是想勒索他。"

"你觉得以你们的家境,能勒索到廖辰什么东西?"

现场陷入一片沉默,谷蒂大脑一时停止了运转:"你怎么知道……我们的家境?"

"我去过陶簌的家,是栋两层别墅,装修豪华。你一个学生能用得起海蓝之谜,而且只是用家里给的钱,自己并没有勤工俭学,这样的消费能力,不是普通家庭可以支撑的。而且能引起主播注意的人,一定是在直播间里刷礼物很多的人。当然也不排除有些人为了博主播一笑自己吃泡面而狂给主播刷礼物,但是看了你的生活用品,我觉得你不是这样的人。"史内克的目光再度落在海蓝之谜的睡眠面膜上,"刷得起礼物还用得起奢侈品的人,家境会差吗?反倒是廖辰,在涡州市的房子寒酸得很,在这里工作还是住的员工宿舍。"

谷蒂哑口无言。

"既然陶簌和你的家境都是这样,那想来别的人的家境也不会差。"

安梓静弱弱地问道:"那廖辰为什么要撩我呢?"

"什么?"谷蒂再次爆出一声惊呼,"他还追过你?徐娜怎么没有挂出来?"

"我想是因为他看见了我的沃尔沃,以为那辆车是你的。"

"怎么可能?那天站在驾驶座那边的不是我……"

"在他的世界观里，男人还是吃软饭的多吧。"史内克忍不住嘲讽，"还说他是见到陵北最后一面的人，这种人为什么不早点儿去死呢？"

安梓静和谷蒂惊呆了，尤其是安梓静，根本不明白史内克为什么会突然失控。

史内克也意识到了自己的失态，但丝毫不尴尬，又把话题扯了回来："夏清今天有没有跟你们聊过天？"

"聊过聊过，就是警方颁布了廖辰的通缉令之后。我们觉得陶簌和廖辰还有联系，就另外开了一个群。陶簌不会和廖辰是共犯吧？"

史内克觉得好笑："你刚才不还一口咬定廖辰是凶手吗？"

"陶簌能为了他割腕，为了他杀人也不是不可能嘛。"

安梓静的目光落到了她书架上的《占星术杀人魔法》[①]上。

史内克也看到了那本书："一般看侦探小说的人脑子都不会差。"

谷蒂再度莫名其妙。

"所长的意思是推理的时候还是要靠逻辑，不能凭空猜测。"

"你知道徐娜柠檬过敏吗？"史内克又问。

"知道啊。"谷蒂点头，"我们建群的那天就在讨论见面的事，陶簌说起有一家店的柠檬可乐很好喝，我就说不如一起去喝，徐娜就说了她柠檬过敏的事。"

史内克皱了皱眉头："我还以为只有陶簌一个人知道呢。"

傅真又回到了陶簌的学校。

最近学校里频频来警察，学生们都人心惶惶，但还是有好奇的学生会躲在班主任的办公室窗外偷看。因为每次被叫到办公室的总是陶簌。

[①] 日本推理小说家岛田庄司出道作。

陶簌的手腕上依然绑着绷带，胳膊上划伤的地方也贴了创可贴。

史内克低头看着她伤痕累累的双臂："割腕的那个伤口还没好吗？"

班主任好似第一次听说，转头问陶簌："割腕？"

史内克没有饶过陶簌的打算，继续说："学生早恋你管不管？"

班主任盯着陶簌，脸上阴云密布。

"她的情敌在昨天下午死了，他杀。"史内克仿佛没有看见傅真惊恐的目光，越发严肃，"她的男朋友也不知去向，而且在逃亡过程中曾经藏在她的家里。"

班主任的脸色越来越难看，如果不是因为办公室其他老师好奇的目光，她早已劈头盖脸骂下了。

这似乎达到了史内克的目的，他转头问陶簌："昨天下午两点半到四点半你在干什么？"

"两点四十五这位警官过来找过我，一直到三点才走。"陶簌盯着班主任阴郁的目光，硬着头皮回答，"然后我就在家里换衣服，三点半出门。"

班主任已经忍无可忍："昨天你不是请假说身体不舒服吗？"

"其实她是去涡州接她男朋友了。"史内克说得轻描淡写，"班主任应该好好关心学生啊。好了，三点半出门，去的哪里？和谁一起？"

"……我去了娜娜家里，想去安慰一下她妈妈。毕竟她的父母在她出生没多久就离婚了，后来她爸爸又娶了个老婆，养了个儿子，除了每个月给她们寄生活费外就没管过娜娜。现在娜娜走了，她妈妈无依无靠的，我不去安慰一下怎么行？你们看，这次她爸爸都没露过面。"

"真是太过分了！怎么这么没人性？女儿就不是他生的吗？"邱灵骂了起来。

安梓静冷冷吐槽："大概他家有皇位要继承吧。"

史内克问陶簌："安眠药还在桌上吗？"

陶簌愣了一下："什么？"

"徐娜的妈妈有自杀的倾向。"史内克说得轻描淡写,"你不知道?"

邱灵瞪大了双眼,怒目看着史内克:"你知道她想自杀还没有拿走她的安眠药?"

"对一心求死的人来说,活着比死去更痛苦。我如果执意不让她死,那是帮她还是害她?而且自杀的方式有很多种,就算没有安眠药,她还有别的选择。"史内克讥笑,"比如割腕,虽然这是最没有诚意的自杀方式。"

陶籁一手捂住了自己手腕上的绷带。

"更何况安眠药是她花钱买的,我没有权力拿走。"史内克说得振振有词。

确认陶籁不在场证明的警员回来了,在傅真耳边说了几句话。

史内克问傅真:"怎么样?不在场证明属实吗?"

"家里没人接电话。"傅真握着手机,"手机也不接。"

想到刚才史内克说的话,在场几位的脸色都白了,尤其是陶籁,往后退了几步,整个人跌跌撞撞。

傅真率先冲了出去:"快去她家里啊!"

徐娜的妈妈死在了自己的床上,床头放着只剩下一点儿水的玻璃杯。

她是服用安眠药而死的,傅真检查完尸体后对史内克说:"这次是你见死不救了。"

"我救过了,没用。"史内克脸色平静,一直注视着床头的玻璃杯。

邱灵从看见徐娜妈妈的尸体开始就一直仇视着史内克,她觉得自己的肺都要被他气炸了。

卧室里没有打斗的痕迹,她死得很平静,基本可以判断为自杀无疑了。

"前辈,要通知她前夫吗?"

"她还有别的家属吗?"

"没有了。"

"那就通知一下吧。"傅真叹了口气,正着手取证,却见安梓静一动不动地站在床边,"怎么了?"

安梓静盯着尸体,说道:"太奇怪了,你会在凶手被抓到之前自杀吗?"

傅真的动作突然停顿。

"就算再绝望,也要等到亲眼见到杀死自己女儿的凶手被制裁的那一天才是人之常情吧,除非她已经知道制裁无望了。"

傅真问:"你的意思是徐娜的妈妈有可能是他杀?"

"谁知道呢?"安梓静回答得不置可否。

陶簌蹲在墙边,抱着自己的肩膀颤抖,没有注意到所有人的目光都集中在自己身上。

邱灵走到傅真身边,小声说:"这样一来她的不在场证明就没人可以证明了。"

安梓静又说:"如果陶簌的不在场证明是真的,那徐娜妈妈的死对她十分不利;如果是假的,她的嫌疑就更大了。"

此时史内克依然盯着床头的水杯一言不发。

"阿克,你在看什么?"

史内克瞟了傅真一眼,没有理他。

傅真嘟哝着,又跑去现场忙了。

一个小时后,徐娜的爸爸终于来到了现场,他的身后跟着一个十六七岁的男生。

"是徐敬先生吗?"傅真走到男士面前。

徐娜的爸爸点头。

傅真指着他身后的男生问道:"那这位是?"

"这是我儿子,徐昌元,我接他放学顺便过来看看。"徐敬说道,"需要我做什么吗?一会儿我还要跟我儿子吃饭。我儿子十二点半要上午自习,吃完饭我要送他上学。"

邱灵目瞪口呆："您不能让他自己去吗？"

"那太辛苦了。"

徐昌元也没觉得自己爸爸说的有哪里不妥，除了徐娜妈妈的卧室外，他整个人就在徐娜家里放飞自我。只要不进现场，警察也没有管他，徐昌元直接跑入了徐娜的卧室。

邱灵有点儿看不下去："这可是你姐姐的卧室，别乱动。"

"得了吧，姐姐都死了。"徐昌元说得不痛不痒，"她房间里吃的东西可不能浪费，尤其是那瓶珍珠粉胶囊，可贵了，好不容易来一趟，不如让我送给我女朋友。"

邱灵和徐昌元的争执传到了史内克耳朵里，他的注意力终于从床头的水杯上转移出来。

"哎，不会那瓶药被她吃完了吧。"徐昌元肆无忌惮地倒腾着徐娜的橱柜。

史内克走到他身后："你和你姐姐的感情不错？"

徐昌元被突如其来的声音吓了一跳，从地上弹了起来，回头看见史内克，瞪了他一眼："一般一般，她陪我玩的话我爸生活费会多给她一点儿。"

史内克冷笑："可你连她吃什么东西都知道。"

"很正常嘛，那瓶东西她的生活费都买不起，所以她得让我跟老爸说几句好话，让老爸多给点儿生活费，这样她才能臭美。"徐昌元眼睛一亮，"你说她是不是有男朋友了？她死了以后她男朋友伤心吗？"

邱灵怒目而视："我看你一点儿也不伤心。"

徐昌元关上了橱柜的门："没劲，看来就是被她吃光了，连瓶子都扔了。"

邱灵见他不理自己，更加来气，一把将袖子撸到了手肘上。傅真从徐娜妈妈的卧室里出来就看见这一幕，慌忙把邱灵拽了回来。

"阿姨为什么会自杀啊？"徐昌元继续问史内克。

"不知道。"史内克如实回答。

"我想看一眼尸体。"徐昌元说着就往徐娜妈妈的卧室走去,"我长这么大还不知道尸体长什么样呢。老姐死的那天我爸都不让我过来,说什么小孩子不能看,有这么可怕吗?"

他边说边走,险些撞上正从房里走出来的安梓静。

安梓静瞟了他一眼,走向缩在角落的陶簌。

傅真小声对史内克说:"我觉得你助理的人格都变了。"

"这才是她的正常人格。"史内克冷静地回答,"她七岁那年在河边看到一具泡肿的尸体,面色不改地在那里等警察过来。警察问她为什么不怕,她说死人又不会动,为什么要怕。"

"……"

"所以我觉得还是她失忆之后的人格比较正常。"

"是……是啊。"傅真擦了擦额角的冷汗,"她七岁那个样子简直就像未来的连环杀手。"

"给我闭嘴。"

傅真乖乖闭上了嘴,和史内克一起跟在安梓静身后。

安梓静问陶簌:"昨天你过来的时候和死者说了些什么?"

"我就让她看开点儿,没想到她还是……"陶簌的声音都在颤抖,"我真的没有注意到桌上有没有安眠药,如果有的话我一定会拿走的!"

"如果你说的是真的,那个时候安眠药应该就在她卧室里了。"安梓静冷着一张脸,"你什么时候走的?"

"我跟阿姨聊到了六点才走,阿姨还给我烧了晚饭。"陶簌捂着脸,"她怎么会自杀呢?明明冰箱里还放着蔬菜。"

史内克走向客厅,在电视机柜旁看见了新买的苹果,这是他上次来时没有的。

也就是说本来她是被史内克劝住了，但是后来不知为什么又突然想自杀。

徐昌元此刻还在喋喋不休："对了对了，老姐微博上发的那个男人的事情是真的吗？"

"你有完没完？"邱灵彻底不耐烦了。

"如果是真的，那就太牛逼了！"徐昌元双眼闪闪发亮，"自导自演服用一把安眠药来博得女孩子同情，电视里都不敢这么演。"

陶簌停止了啜泣，她抬起头来，直直看着徐昌元："你说什么？"

"怎么了？你不会觉得他是真的吃了安眠药吧？"

"是啊，"史内克冷嘲热讽，"所以她割了腕想和廖辰一起死。"

"不，不对，他不是为了博得女孩子同情，他是被我们逼得没有办法了。"

"这个时候还能说出这样的话，感人肺腑。"

安梓静冷冷说道："简直刻意。"

傅真打了个哆嗦，又小声对史内克说："她这个人格真的蛮可怕的。"

"闭嘴。"史内克坐到了客厅沙发上，盯着空空如也的茶几出神。

在看见床头水杯的时候他就觉得有微妙的不和谐，但是不知道不和谐在哪里，这感觉如同百爪挠心。偏偏傅真和徐昌元一直在耳边喋喋不休，这让史内克有点儿烦躁。

安梓静也出去了，她看见徐娜的邻居回来了。

邻居不安地瞟了这里的警察一眼，一边摸着包里的钥匙一边自言自语："这里真是不太平。"

安梓静在她身后叫了她一声，她被吓了一跳，钥匙掉到了地上。

邻居回头见是个面生的人，有些疑惑，安梓静开口问她："最近有没有什么人来过？"

邻居被问得莫名其妙。

"您认识那个女生吗？"安梓静侧了侧身子，目光瞥向站在客厅里不知所

措的陶簌。

"挺眼熟的,好像经常来找徐娜。"

"她昨天来过吗?"

"昨天我回家的时候她正好从里面出来,怎么啦?"

"除了她以外还有别人来过吗?"安梓静从手机相册里滑出了沈温良和谷蒂的照片给邻居看,"这两个人您有没有印象?"

邻居看着安梓静,颇为感慨:"现在的警察真年轻啊。"

"……"

"我不认识她们。"邻居回忆着,"也许来过,但是没什么印象。这里每天进进出出这么多人,有印象的也只有天天来的人啊。"

安梓静道了声谢,把手机塞回了口袋。

她回到客厅,史内克依然坐在沙发上沉思,傅真和邱灵一边勘查现场,一边还要和徐昌元周旋,已经焦头烂额了。安梓静索性自己整理起了整个案件的顺序。

3月14日,陶簌和沈温良发现了廖辰劈腿的事。

3月15日,女生们建立QQ群,准备挂廖辰。

3月16日,陶簌与廖辰大吵一架,廖辰发微博说要吞安眠药自杀,陶簌割腕。紧接着徐娜发表长微博,不久徐娜死于柠檬过敏。嫌疑人锁定廖辰,但是廖辰失踪。

3月17日,自己被袭击。

3月18日,廖辰发表道歉微博,在廖辰涡州市的房子里发现大片血浆,陶簌被袭击,夏清身中数刀身亡,死于气管被切开。

3月19日,徐娜妈妈服安眠药自杀。

从3月16日起廖辰就仿佛人间蒸发,所有人都找不到他。

史内克从冥想模式中回过神,看见了安梓静的笔记本。

"所长，你有没有发现，在所有嫌疑人中，只有陶簌在廖辰失踪后见过他。也就是说，那天以后廖辰只活在陶簌的描述里。"

"我也觉得廖辰已经遇害了。"史内克盯着还在捂着脸哭泣的陶簌，"凶手就是她。"

"徐娜的命案是我来讲还是你来讲？"

史内克走到陶簌身边看着她，陶簌停止了哭泣，抬头看向史内克。

"我不知道你在说什么。"

傅真看见两人在对峙，停止了对现场的勘查，带人走到了史内克身边："怎么了？"

"我知道不和谐因素在哪里了。"史内克推了推金丝边眼镜，"是水杯。"

"什么？"现场的人全都莫名其妙，陶簌也紧紧盯着他。

"我看到床头的水杯，忽然想起徐娜死的那一天地上也有水，然而她的茶几上还放着一杯没有开封的奶茶。为什么点了奶茶还要坚持喝水？"

"因为突然想喝水？"傅真小心翼翼地回答。

史内克斜了他一眼："她是要吃药。"

徐昌元听后大叫起来："啊，是那个珍珠粉胶囊吧！老姐一口气把一瓶都吃掉了！"

史内克并不想理这个喋喋不休的少爷，自顾自往下说："她买了一瓶珍珠粉胶囊，大概是为了美白，这不是重点，重点是凶手知道她每天有服用胶囊的习惯。"

陶簌收紧了垂在身边的双手。

"凶手找了个机会把胶囊里的珍珠粉换成了柠檬干粉末。"史内克似笑非笑地看着陶簌，"知道徐娜柠檬过敏，并且有机会接触那瓶胶囊的人只有你吧？"

3月14日,陶簌哭着给徐娜打了电话,告诉她廖辰的事,徐娜听后气愤不已,想要直接把廖辰挂到网上。

陶簌听了她的计划大惊失色:"你这样会害了他的。"

徐娜反驳:"难道你还喜欢他?"

"可是……总不能赶尽杀绝吧……"

"难道还要他祸害别的小姑娘吗?你给我醒醒,他不会因为这个感动的,不然他也不会勾搭那么多人。而且我都告诉过你,他曾经对我说你们已经分手了!"

令陶簌没有想到的是,徐娜竟快速地联系到了廖辰的其他女友,并且建了一个QQ群。

沈温良在群里说:"真想让他身败名裂,永远都无法直播。"

徐娜说:"我准备发一条长微博挂他。"

群里除了陶簌,每个女生都纷纷叫好,争先恐后地提供廖辰的黑料。陶簌在群里默默看了一会儿,只能附和她们。

她有点儿担心廖辰,给他打了个电话,告诉了他徐娜的计划。

廖辰那时正在和别的粉丝互动,一听见陶簌这么说,立刻告诉粉丝自己有事,大惊失色地和陶簌商量应对方法。陶簌让他给徐娜送一块蛋糕赔礼道歉,也许徐娜气消了就不会发微博了。

廖辰当真照做,去给徐娜送了块蛋糕,徐娜收下了蛋糕,并且说还是要发长微博。

廖辰垂头丧气地走后不久,陶簌去了徐娜家里。

"娜娜,你的珍珠粉胶囊还在吗?"

"在啊,怎么了?"

"我想看看长什么样。"

徐娜把陶簌领进了自己的卧室,打开橱柜,从里面拿出一个白色的瓶子。

陶簌拧开瓶盖，胶囊只剩下几粒了。

"你藏这么好干什么？"

"我妈不让我乱吃东西，她看到我吃这个会骂我的。"徐娜有些奇怪，"你特地过来就是为了看这个？"

"因为我也想买一瓶。"

陶簌攥紧了放在衣服口袋里的柠檬干粉末。

陶簌吞咽了口唾沫："的确只有我。可是即便如此，你凭什么说我杀人？我为什么要杀死娜娜？她可是为我打抱不平的人！"

"你本来是想在15日就干掉徐娜，谁知她竟忘了吃药，所幸廖辰送给她的蛋糕她也没有吃。等到16日，为了阻止她发长微博，你和廖辰大吵一架，廖辰发了吞服安眠药的照片，你发了自杀的照片。当然这些都是你和廖辰约好的戏，只是没想到这彻底激怒了徐娜，徐娜叫了救护车，并且发出了长微博。发完长微博后她想起廖辰的蛋糕还有珍珠粉胶囊，在吃完蛋糕后服用了胶囊。之后胶囊在胃里融化，柠檬碎屑进入了体内。"

"我……为什么要杀她啊……"

"你还在廖辰的手机里装了监控。在杀了徐娜后本想去邀功，不想却看见廖辰在微信里勾搭安梓静。当天晚上你本来想和他谈谈，结果他不在家，你在他家门口看见了警车，你当即给他打了个电话，让他不要回家。同时你也跑去他停车的地方接应，把他的车开了出来。在此之前你还帮他买了回涡州的火车票，并嘱咐他一定要好好待在家里。他怎么也没有想到你也会跑去涡州，并且将他绑到了他家的椅子上。"

陶簌的胸口剧烈地起伏着。

"你在他家里照顾他的一日三餐，突然想起他和安梓静还有个约会。于是你丢下他又回到了青芜，把车开到停车场埋伏等待安梓静。安梓静看见廖辰的

车后果然上车,你迷晕她后把她塞入行李箱,将她带到马上要进行爆破的施工现场,本想在一大早就让她跟着建筑一起爆破掉,没想到我们在当天晚上就找到了她。廖辰好不容易等到你走了,用尽一切办法割开了绳子,并且发了一篇长微博。"

邱灵惊呼:"难道就是那篇不要脸的微博?"

史内克点头:"那其实是他的求救信号,微博里写'陶簌,我和你的话以后慢慢说',这就暗示了我们陶簌其实和他在一起。后来他又提到安梓静,其实就是在向她求救。发完之后他就买车票回到了青芜,因为他根本不想再被你抓住。"

邱灵问他:"那他跑到别的城市不就好了,回来干什么,不是自投罗网吗?"

史内克耸耸肩:"我怎么知道,以他的智商大概觉得最危险的地方就是最安全的地方吧。总之他回来了,很不幸又被陶簌抓住。后来傅真拜访陶簌的时候发现她头发湿漉漉地走出来,穿着家居服,我猜在那之前她应该浑身是血,听见门铃声响才慌忙去把自己从头到脚洗干净,把脏衣服换成家居服。按照事情发展的顺序,那应该是夏清的血。"

傅真问:"她为什么要杀夏清?"

"因为廖辰逃出来后居然还约夏清,这让她怒火中烧吧?而且之前她不是说自己被廖辰袭击吗?她发现那时间点正好和廖辰约夏清的时间点重合,不杀了她容易露出破绽。但这次她没这么幸运,夏清已经提前告诉了傅真廖辰约她的消息,可惜傅真没有及时告诉我。"史内克瞟了傅真一眼,"不然这个案子到那时差不多就能结案了。"

傅真心虚地低下头,邱灵也嫌弃地往旁边挪了几步。

"你是在哪儿杀夏清的呢?我猜夏清三点半给傅真发消息的时候她已经死了吧?"

陶簌不说话,倒是傅真哆嗦了一下:"你说什么?"

"三点半给你发消息的人不是夏清，是陶籁。因为三点半后她有不在场证明，所以她选择用夏清的手机给你发短信。死亡时间推测是在两点半到四点半之间，而你两点四十五到三点都在陶籁家里。有两种可能，一是那时夏清已经死了，二是三点过后陶籁才杀了她。不过从夏清身上的伤口来看，应该是陶籁先折磨了她几刀，然后听到门铃声，接着去清洗血迹，三点送走你之后，为了避免夜长梦多，一刀结果了她。接着陶籁又想制造夏清是被廖辰杀死的假象，就把夏清运到了廖辰在涡州的家里。然而这个假象太低级了，如果那个地方是第一现场，夏清的身下应该有一摊血污，可是现场很干净。"

"那徐娜的妈妈呢？"邱灵不解，"也是她杀的吗？"

"不，她应该是自杀，陶籁没有杀她的理由。这自杀也很费解，明明凶手还没有找到，她为什么会突然自杀？后来我想到了，也许是陶籁跑去她家里和她的一番谈话让她觉得自己的女儿不是他杀。究竟是什么样的话才能让她从笃定是廖辰干的转变到觉得不是他杀？"史内克冷笑一声，"多亏了徐昌元少爷突然来搅局，提到了消失的珍珠粉胶囊。陶籁来找徐娜妈妈的目的是拿走那个瓶子，只要瓶子在徐娜家放一天，她就一天不得安宁。也许是她妈妈看到了那瓶胶囊，意识到自己的女儿可能会天天吃这个药，她以为徐娜是吃这个药吃死的，又联系到之前女儿说的廖辰劈腿的事，又想起廖辰说追过她女儿，她以为女儿是自杀，顿时觉得生无可恋。"

陶籁脸色发白："你为什么不怀疑廖辰了？"

史内克"啧"了一声："你不是一口咬定不是廖辰干的吗？陶籁小姐，能把你3月17日那天穿的衣服拿出来给我们看一下吗？顺便，方便把手腕上的绷带解开吗？"

陶籁把左手往背后缩了缩，但邱灵手疾眼快，已扣住了她的手腕，强行拉开绷带。

割腕部分的伤口早就好了，连疤都掉了，但是在手背处，有一条诡异的划痕。

"陶簌小姐，麻烦解释一下这条划痕的来历。"史内克面带嘲讽，"这可不像是玻璃杯的碎片划出来的。"

安梓静冷静地接话："我在失去意识之前用钢笔在袭击者的手上狠狠划了一笔，这个伤口应该是我造成的。"

"就……就算是我袭击了你，凭什么说我杀了娜娜？我只是嫉妒你能被廖辰这么用心追而已，而我……即便为他割了腕，他也没有来看过我！"

史内克指着傅真问陶簌："他姓什么？"

陶簌有些莫名其妙："姓傅啊，怎么了？"

史内克露出神秘莫测的笑容，在沙发上坐下，也不说话。一帮人就在客厅干瞪着他。史内克仿佛没有感受到众人的目光，好整以暇地喝了口茶，抬头去看墙上的时钟。

此时徐娜家的门开了，一名警察带着沈温良和谷蒂进来："傅队，你要的人给你带来了。"

"啊！我……"傅真先是莫名其妙，后来意识到可能是史内克借了自己的名义去让手下带人来的，改口说道，"好，好，辛苦了。"

史内克指着傅真问沈温良："你认识他吗？"

"认识啊，怎么了？不就是来问我情况的警察吗？"

"他姓什么？"

"我知道！他姓邱。"一旁的谷蒂兴奋地插话，后来想想不对，目光又投向邱灵，"啊！不是，这名女警察才姓邱，我看的是她的警官证。"

沈温良皱眉看着傅真，摇了摇头："我怎么知道他姓什么。"

史内克转头问傅真："你去审问过夏清吗？"

"我……还没来得及找她她就……"

"那她是怎么知道你是傅警官的呢？"史内克举起夏清的手机，打开她发给傅真的那条短信，"所有人都不知道这位警官叫什么，除了陶簌，可是夏清这条短信却清清楚楚地称呼他为傅警官。"

陶籁的呼吸更加急促了。

"所以我确定这条短信是你发的,所以那个时候夏清就已经死了。"

沈温良和谷蒂万万没想到自己刚来就听到这么劲爆的消息,齐刷刷看向陶籁。

在场所有人都说不出话来。刚才史内克叙述整个案件的时候他们并没有注意到这点,现在史内克单独说出来,他们感觉到了身后的阵阵寒意。沈温良倒吸了一口凉气:"原来那天你在群里说的'真该死',指的不是廖辰,而是夏清?"

陶籁垂下了眼皮,细碎的刘海把她的双眼遮得明明暗暗。

谷蒂也恍然大悟地大叫:"难道徐娜也是你杀的?"

陶籁数次张口,最后变成了一声冷笑:"是啊,都是我干的……"

沈温良往后退了一步,看着她的眼神都变了。

"徐娜要把廖辰弄得身败名裂,这怎么可以……"陶籁的眼泪落了下来,"我想阻止她,可是没想到她会死……我只是想让她进医院而已……毕竟上次她误食柠檬的时候只是进了急救室,没有死啊……"

"说是为了廖辰,其实早就想好了把罪名全部嫁祸给他吧。"史内克从沙发上站起,走到陶籁身边,"这就是你口口声声说的最伟大的爱情吗?"

显而易见,陶籁布置好了一切,等警察发现蛋糕是廖辰送的时候,所有人都会认为是廖辰让徐娜吃了柠檬蛋糕。而她没有想到,警察还会去检测蛋糕屑里的成分。

"是啊,不是后来所有人都怀疑他了吗?"陶籁脸上露出了微笑,"所以当他听说我还相信他的时候,对我可是十分感激啊。不然他怎么会把他家的钥匙交给我呢?"

想到在廖辰家里发现的绳子,傅真就觉得不寒而栗。

邱灵依然难以置信,她不信她竟能做到这种地步。她目瞪口呆地看着陶籁,

转头看向安梓静,想在她脸上找出一点儿怀疑的神色,可是安梓静的表情和史内克一样冷淡。邱灵忍不住喃喃:"都是骗人的吧……你为什么要诱导徐娜的妈妈自杀……"

"我没有诱导!本来还想让她做不在场证明,她这么一死,全完了!"

昨日傍晚陶簌来到了徐娜家,以安慰她之名来为自己做不在场证明。两人聊着天,陶簌忽然想起令徐娜致死的胶囊还藏在她的柜子里,便找了个借口走入她卧室。

徐娜的妈妈也是十分思念自己的女儿,跟陶簌一起走了进去。

她看见陶簌从柜子里拿出一瓶药来,身子顿时哆嗦了一下:"这是什么?"

"娜娜最近在吃美白药。"陶簌淡定地从药瓶里倒出药来,"她说这个药的效果不错。"

徐娜的妈妈打开了胶囊,从里面倒出一些暗黄色的粉末。她小心翼翼地沾了一点儿放到嘴里,整个身子僵在了那里,眼泪"哗"地从眼眶里落了下来。

"阿姨,你怎么了?"

"簌簌,你老实告诉阿姨。"徐娜的妈妈扶住她的肩膀,"娜娜是不是喜欢上廖辰了?"

陶簌往后退了两步,支支吾吾地回答:"我……不知道……"

徐娜妈妈的眼泪掉得更厉害了,大颗大颗落在了手上,打湿了手心里的柠檬干粉末。

"然后我就拿药瓶走了,走的时候她还在哭,都没发现我把药瓶拿走了。"陶簌说道,"我也是才知道她自杀了。"

安梓静开口问陶簌:"廖辰呢?"

"我不会告诉你们的!"陶簌定定地看着安梓静,"我们是相爱的……你们别想拆散我们……"

邱灵再次哆嗦了一下。

史内克发出一声哂笑:"看来,他是在你家里了?"

陶籔的表情瞬间扭曲。

警车呼啸着奔向陶籔家,沈温良和谷蒂作为当事人也一起被带了过去。

安梓静在陶籔的豪宅前站定,傅真让陶籔打开别墅的门,不经意间看见安梓静在发呆,觉得有些奇怪:"你发什么呆啊?"

"我闻到了微弱的血腥味。"她皱了皱眉头,"我应该早点儿来这里。"

陶籔打开了别墅的门,警惕地看了安梓静一眼。

"不过不是很浓,应该被什么遮住了。"

史内克瞥了她一眼:"不怕血腥味了?"

"习惯了。"安梓静垂下眼皮,走入豪宅客厅,感觉气味比在门口时浓了一点点。

"傅真,你的警犬呢?"

"哎呀,有安梓静在,要什么警犬啊。"傅真嬉皮笑脸地看着安梓静,"梓静,对吧?"

"反正傅警官查案一向都不怎么专业,所长你应该已经习惯了。"

"完全习惯不了。"

史内克和安梓静丢下傅真往前走去。

"前辈又被嘲笑了呢。"邱灵撇下傅真追在安梓静身后。

两人重新审视别墅的布局,除了更干净一点儿了,和上次来时并没有什么区别。一楼是客厅、厨房、主卧和卫生间,二楼是次卧、卫生间、化妆室和书房。天台上还有个小花园,花园旁放着两张椅子。

这么大的房子,唯独没有保险箱。

"他们家的贵重物品放哪儿?"史内克狐疑地看着两个卧室,太干净了,干净得即便有闯入的小偷都无从下手,"她的父母随身带着?不可能。"

安梓静问道:"他们在银行里开了金库?"

"银行肯定有,但是家里没道理不放珠宝。"

"难道是地下金库?"

史内克停了步子:"为什么主卧在一楼而次卧在二楼?"

"通往地下金库的通道在主卧?"

"如果是我的话,我也会把楼梯设计在那里。"

史内克反身走入主卧,掀开床边地毯,果然看见有一块方形的木头与周围的花纹格格不入。安梓静的呼吸有些急促。

"怎么了?"

"血腥味变浓了。"

史内克低头看着这块东西,不管怎么移都纹丝不动。他站起身,看见床头挂着的婚纱照,直接将它取了下来,婚纱照的后面果然露出了一个九宫格密码盘。

"密码……"

安梓静打开了卧室的抽屉,翻出一本结婚证。

史内克问:"日期?"

"五月二十日。"

史内克输入 0520,地板上那块东西移开了。

通往地下的楼梯从那个口子中露了出来。

卧室之外所有人都目瞪口呆地看着这两个人,从他们进别墅到破解密码,只用了十五分钟。陶籁看见地板移开之时,整个人都在发抖。

安梓静上前,一股血腥味顿时扑面而来,她差点儿没有站稳。

史内克打开了手电筒,正要走入地下室,但他临时改变了主意,回头给傅真让了条道："傅真，你先下去。"

"啊？"

"万一下面有什么机关，你可以身先士卒。"

傅真委屈地看了眼史内克，站在他身后的小警员们自觉地冲到了傅真前面。

"还挺懂规矩。"

史内克感慨了一声，正要跟在傅真身后下楼，安梓静却蹿到了他和傅真之间。史内克意外地扬眉，回头看见邱灵押着陶籁让沈温良和谷蒂先下，看来她要负责殿后。

第一个下去的警察用手电筒小心翼翼地照着这个地下金库，忽然他发出一声惊呼，只听"哐当"一声，手电筒掉到了地上。在他身后的警察们立刻进入警戒状态，手枪全部上膛，傅真推开了这些新手，贴着墙壁往下无声疾奔，走到最后一级台阶时抬起了手枪。

然而一点儿动静都没有。

小警察哆哆嗦嗦地捡起地上的手电筒，指着前方："傅……傅队，你看……"

傅真将手电筒打到了正前方，饶是有小警察的提醒，他也忍不住惊呼一声："天哪……"

后面的人全部从楼梯上冲下，顺着手电筒的光往前看，眼前的景象让所有人都僵住了身子。沈温良和谷蒂瞪大了双眼，不停地发出尖叫，直到嗓子沙哑仍没有停下，好像忘了这撕心裂肺的声音是从她们的嗓子里发出来的。

漆黑的地下金库中放着一张桌子，桌子上有一个花盆，花盆旁边是失去生命的廖辰。

这恐怕是这两个女生这辈子看到的最可怕的画面。她们尖叫着反身从楼梯里冲了出去，再也不想回到这里。

陶籁跌跌撞撞地从楼梯上下来，扑向花盆，把他紧紧抱在怀里。

邱灵紧张地看着她，扣着手枪扳机的手指都在微微发抖。

史内克指着地上那摊血污问她:"这是谁的血?"

"夏清的。"陶簌抚摸着廖辰的头颅,柔声回答,"我把廖辰绑在这把椅子上,让他看着我一刀一刀刺入夏清身体。本来想折磨她半个小时,没想到警察会突然造访,我只能临时改变计划,等回来后就一刀结果了她。真是便宜她了。等处理完夏清的尸体,回来后我发现廖辰又想逃跑。他太不听话了,我只好杀掉他!"

史内克听完掉头就走,安梓静看了陶簌一眼,跟了上去。

傅真喊道:"阿克,你去哪里?"

"这神经病接下来交给你了,我要回所里吐一会儿。"

傅真筋疲力尽地走入小木屋事务所,史内克坐在椅子上看报纸,没有理他,安梓静则在专心致志地打着手机游戏,傅真的耳中不时传来游戏系统的声音。

"哇,双杀!"邱灵蹦到了安梓静身边,激动地看着她操作,"三杀,四杀,五杀!你怎么进步得这么快?"

傅真瘫在沙发上,瞟了眼安梓静冷冷的表情:"你不觉得梓静的人格发生了变化吗?"

安梓静放下手机,冷冷盯着傅真:"傅警官,请注意你的言辞。"

"怎么,连夜审问完了?"史内克放下报纸,"不去睡觉到我这里来干什么?"

"来放松一下嘛,这个陶簌太变态了。"

"就是,本来她这么对待尸体是要判死刑的,但是她未满十八周岁啊,肯定轻判!"邱灵也很是不满,"轻判啊!这种人这么恶劣,怎么能轻判?"

史内克从眼镜盒里取出眼镜:"她的父母会给她办精神病鉴定报告的。"

傅真从沙发上坐直了身子:"你的意思是……"

"不只轻判,可能无罪。"史内克的手指敲击着桌子,"真希望她父母能请我当律师。"

邱灵拍案而起:"难道你要捞一大笔钱,然后给她做无罪辩护?"

史内克看了安梓静一眼,又拿起了报纸。

"你这个黑心律师!"

"不不不。"傅真忙站出来替史内克说话,"阿克可能会故意输掉这场官司。"

"不会吧,他什么时候变得这么好心了?"

"陶簌可是动了安梓静啊,不然他哪肯协助调查……"傅真小声对邱灵说,"我当时的开价可只有两千,那个时候他掉头就走。"

邱灵同样小声回应:"现在呢?"

"通缉令的赏金全给他了,局长吩咐的。"

"那可有十万!"邱灵顿时从安梓静身边弹了起来,"为什么局长这么吩咐?"

"唐飞花打电话给局长说这次这么恶劣的案件能告破阿克功不可没,顺便局长把我狠狠骂了一顿。"傅真摸了摸鼻子。

"骂得好。"史内克再次放下报纸,"如果这案子是唐飞花办的,夏清根本就不会死。"

傅真颓丧地低下脑袋,也不打算辩驳了。

"啊,对了。"邱灵对着安梓静挤眉弄眼,"没想到你在史内克心里的地位这么高,我还以为这家伙没什么人性呢。"

"没人性?"史内克看向傅真。

"不……不是我说的啊!"傅真躲避着史内克的目光,立刻去找邱灵转移话题,"安梓静可是安陵北的妹妹。"

"安陵北?"

傅真简略地讲了安陵北的事,邱灵忍不住担忧:"看来安陵北对他来说是很重要的人,我原来还以为前辈是他心中的No.1呢。不过这也能看出他是很

长情的人，前辈你要加油了。"

邱灵为傅真鼓了鼓劲儿。

"……我觉得你应该误会了什么。"

史内克冷冷盯着傅真，忽然站了起来，从桌子底下掏出一个礼盒。

傅真双眼发光："哇，这是给我的吗？"

"今天女友生日，我要去给她送惊喜了。"史内克抱着礼盒往事务所外面走去，"梓静，给你放假半天。"

"好的，所长。"安梓静头也不抬地盯着手机屏幕。

她的桌上同样放着一个礼盒，盒子里是一支崭新的写乐限定钢笔。被她戳坏的那支史内克已经寄给他在日本的友人，让他们重新配一个笔尖了。

见史内克走了，傅真也悻悻离去，事务所只剩下了安梓静一个人。

确认傅真他们已经走远，安梓静放下了手机，从抽屉里拿出一本警官证。

警官证上是个二十岁出头的男人，看上去刚毕业，剃了板寸头，精神抖擞，眉目间和安梓静有几分相似。

照片下的名字赫然写着"安陵北"。

安梓静盯着照片出了会儿神，眼睛黯了几黯，又把它放回了抽屉的最下方。

史内克走入墓地，看见一个新立的墓碑，碑上贴着陶簌的照片。一个中年女人站在墓前烧纸，眼睛红了一圈。

感觉到有人在自己身边停下，女人红着眼睛抬头看去，看见的却是一个陌生的男人。

"杀人的不是陶簌吧？"金边眼镜在太阳下泛着光华。

女人吸了吸鼻子，哑声说："你怎么……"

她咬了咬下唇，没有说下去。

史内克打开礼盒，从里面拿出一本日记。

最后一篇日记的时间是一个月前，上面写着发现廖辰劈腿，她活不下去了。

日记的下面压着一张照片，是陶簌和一个女人的合影，两个人长得几乎一模一样。

"陶簌有个大她十岁的姐姐。"史内克盯着女人，"为了帮妹妹报仇，她装作自己是陶簌，想把伤害她的人全部杀光。"

女人垂了眼皮，继续往火里丢纸钱："为什么不告诉警察。"

"因为只是猜测，没有证据。"

风把烟吹了起来，女人沉默了很久。

"你是她们的妈妈。"

"如果我早一点回来……"女人的声音忽然哽咽，"早一个星期也好……我……绝不会让她做傻事……"

女人的眼泪一颗一颗掉入桶里，史内克递给了她一张纸巾。

"谢谢。"她接过纸巾不再看他，只轻轻抚摸着墓碑上陶簌的遗像。

史内克将礼盒放到女人身边，转身走了。

直到他走远，女人才颤抖着双手把礼盒里的日记本拿出，一页一页地翻，翻到最后一篇，抓着日记本的纸失声痛哭。

史内克回身，远远地看见女人将日记本和照片一起丢入了烧纸钱的桶里。他垂了垂眼皮，面无表情地走出了墓地。

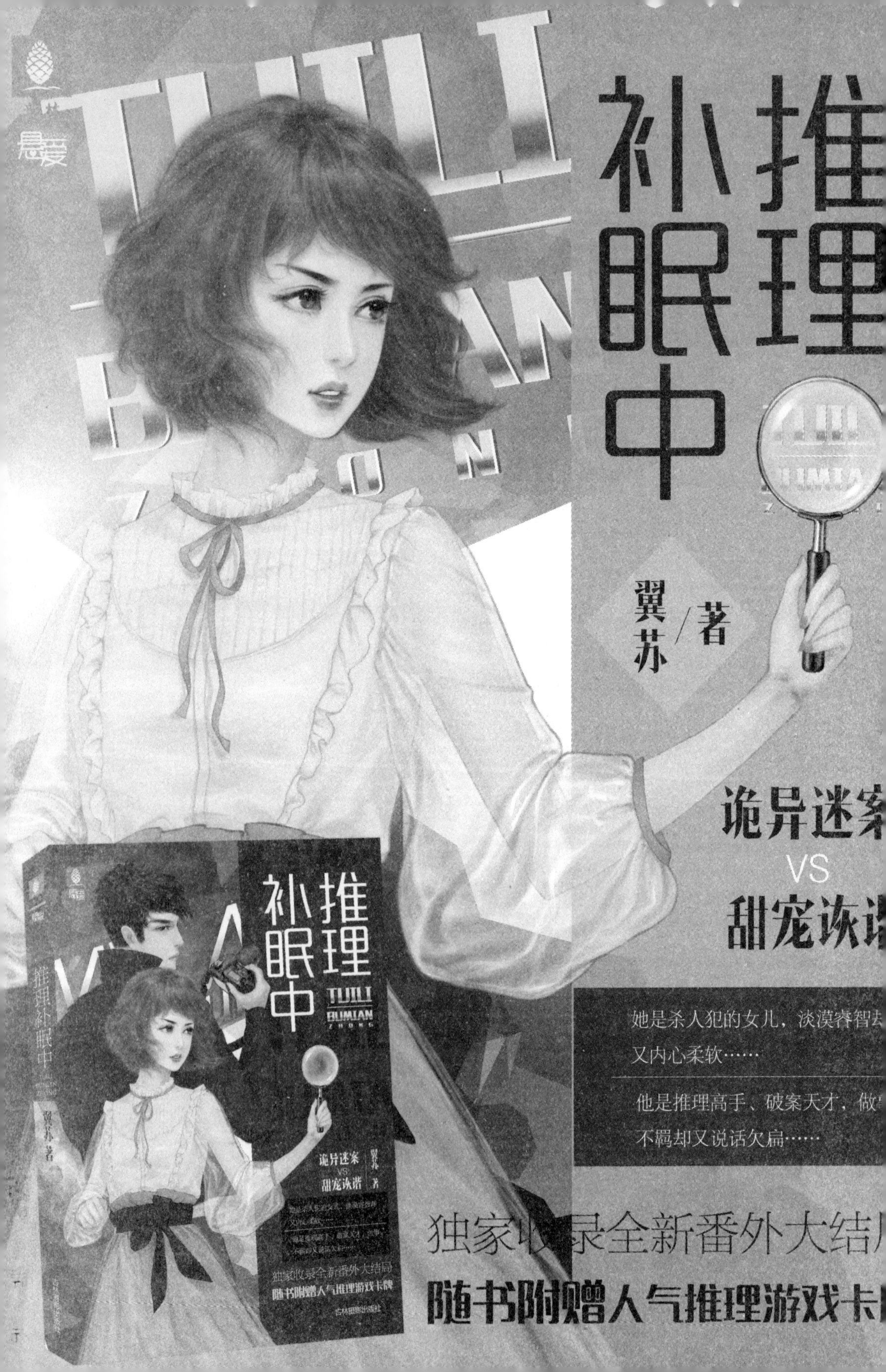

推理补眠中

翼苏/著

诡异迷案 VS 甜宠诙谐

她是杀人犯的女儿,淡漠睿智去又内心柔软……

他是推理高手、破案天才,做不羁却又说话欠扁……

独家收录全新番外大结局
随书附赠人气推理游戏卡

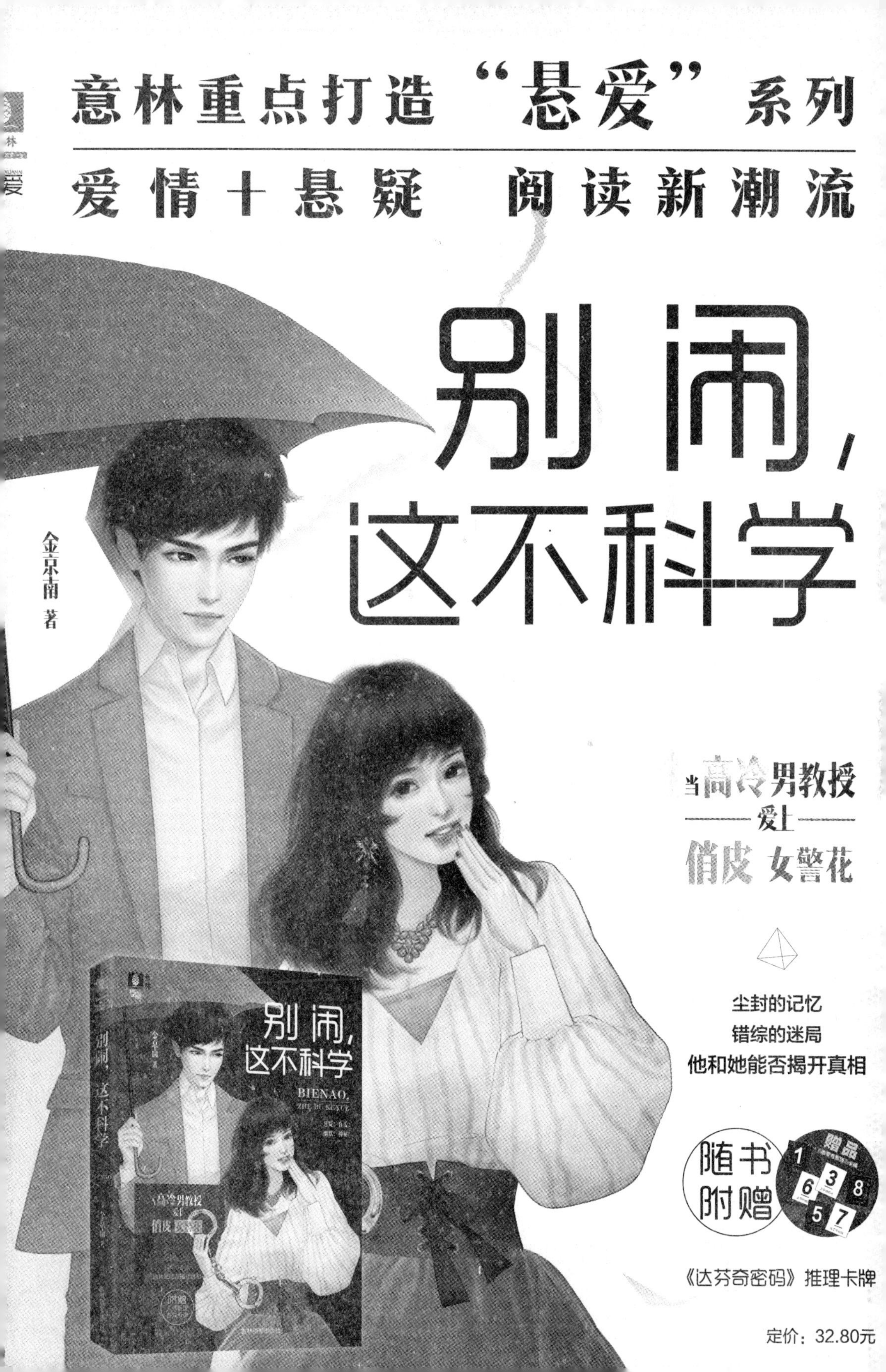

意林重点打造"悬爱"系列
爱情＋悬疑　阅读新潮流

别闹，这不科学

金京甫 著

当**高冷男教授**爱上**俏皮女警花**

尘封的记忆
错综的迷局
他和她能否揭开真相

随书附赠

《达芬奇密码》推理卡牌

定价：32.80元

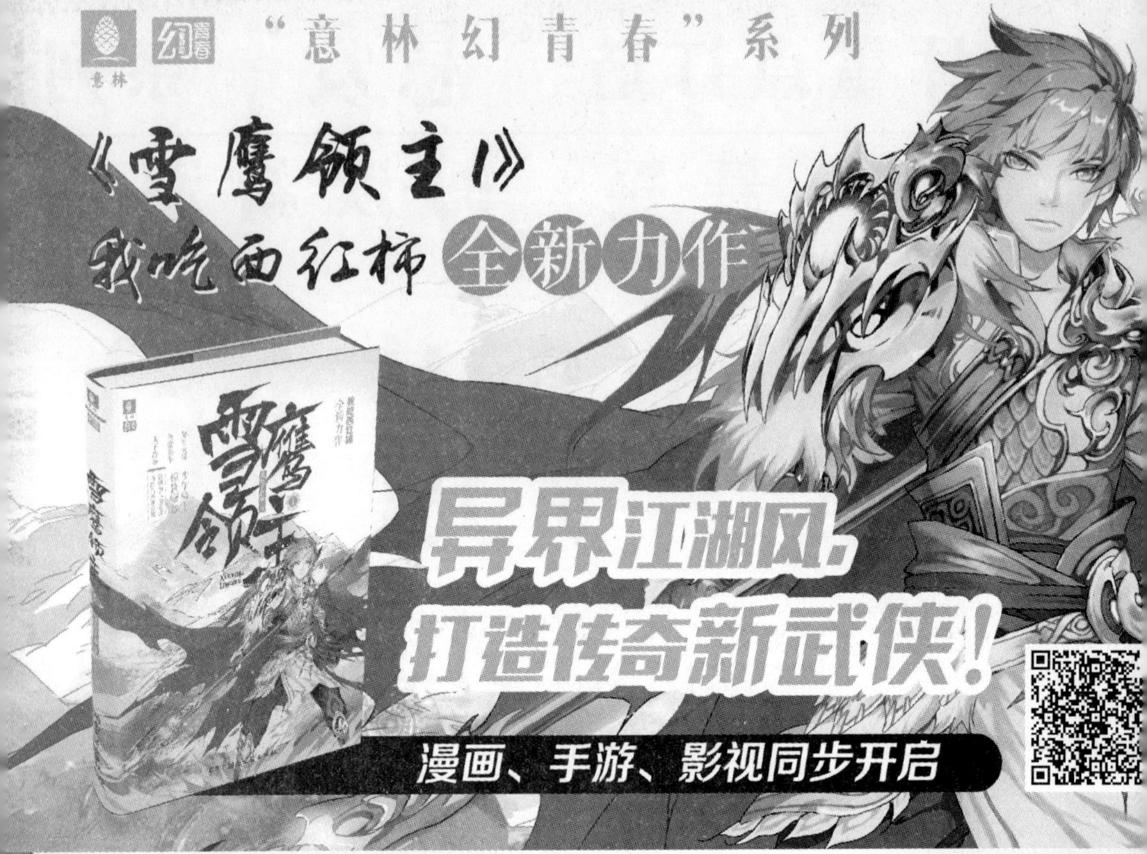
意林
"意林幻青春"系列
《雪鹰领主1》
我吃西红柿 全新力作
异界江湖风，
打造传奇新武侠！
漫画、手游、影视同步开启

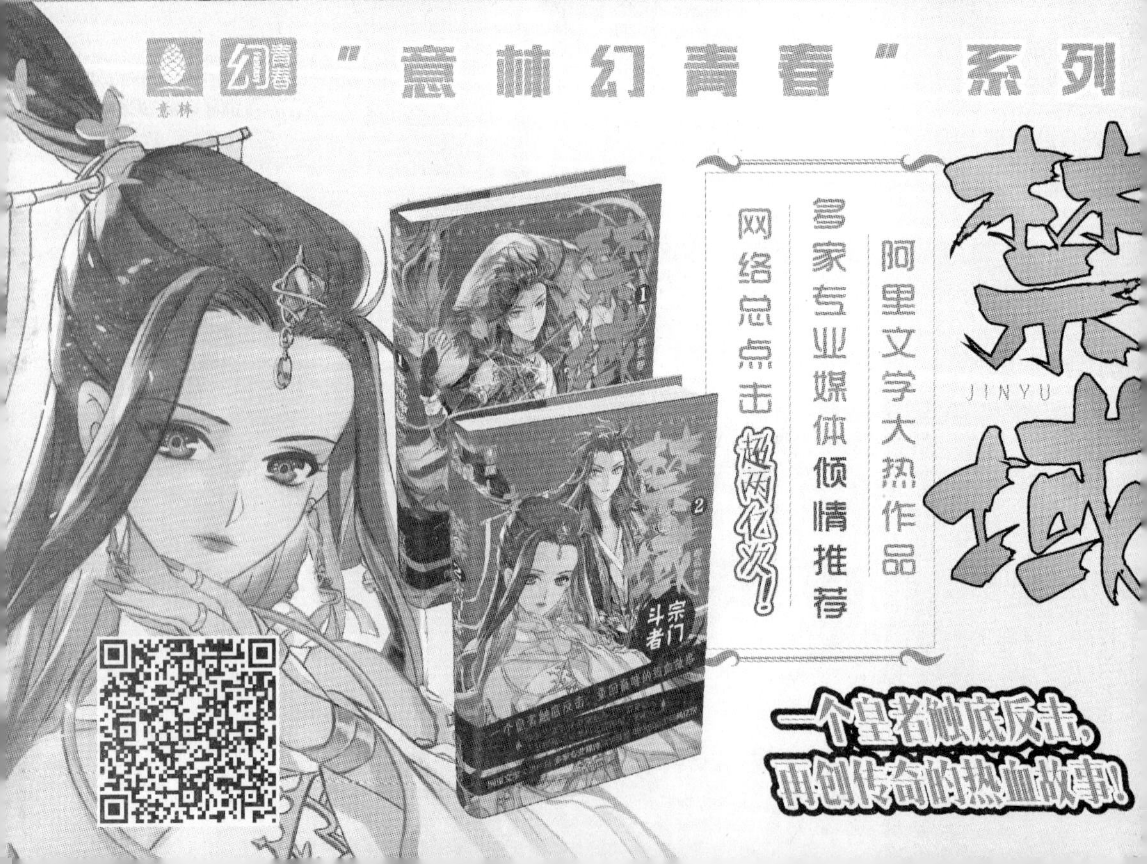
意林
"意林幻青春"系列
禁域
JINYU
阿里文学大热作品
多家专业媒体倾情推荐
网络总点击超两亿次！
一个皇者触底反击，
再创传奇的热血故事！

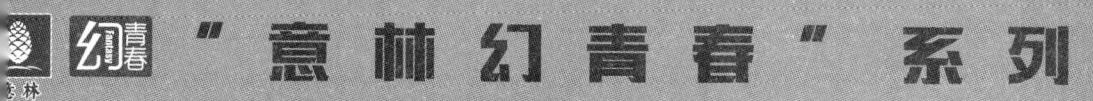

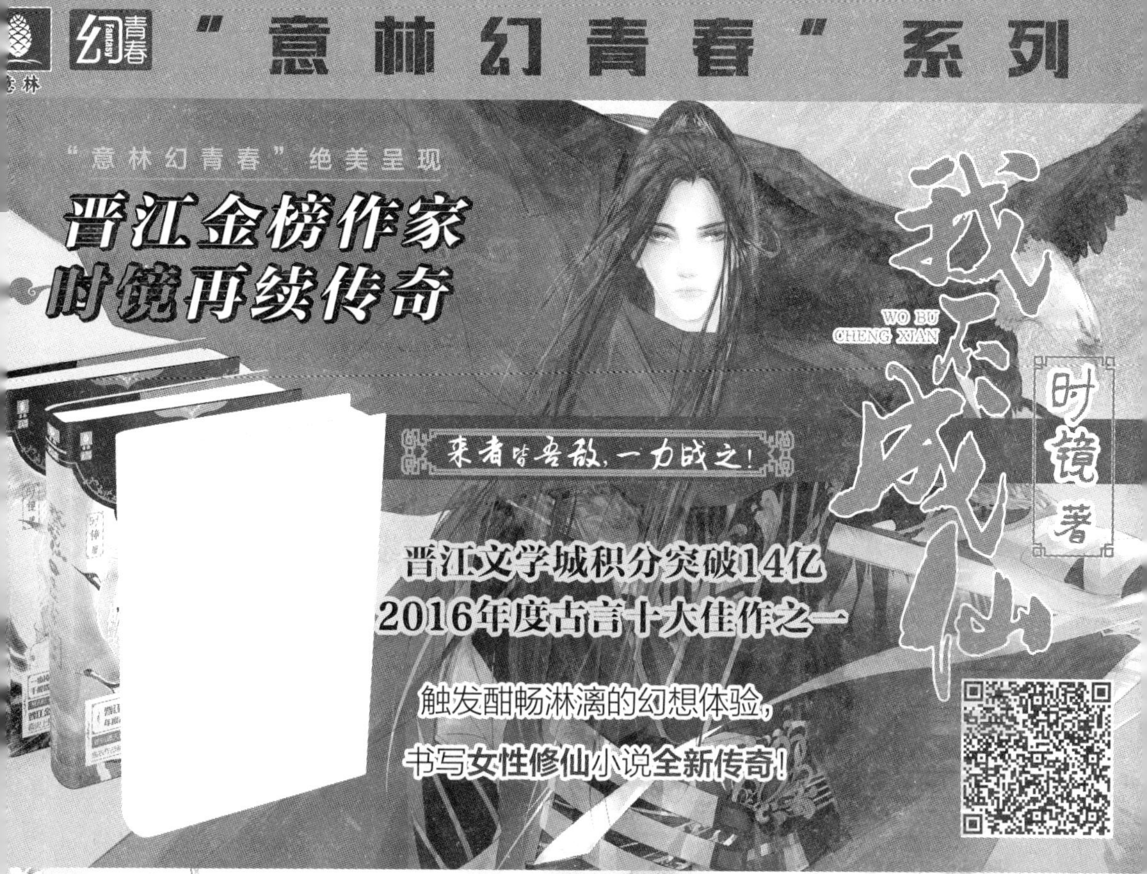
意林
幻青春 Fantasy
“意林幻青春”系列
“意林幻青春”绝美呈现
晋江金榜作家
时镜再续传奇
我不成仙
WO BU CHENG XIAN
时镜 著
来者皆吾敌，一力战之！
晋江文学城积分突破14亿
2016年度古言十大佳作之一
触发酣畅淋漓的幻想体验，
书写女性修仙小说全新传奇！

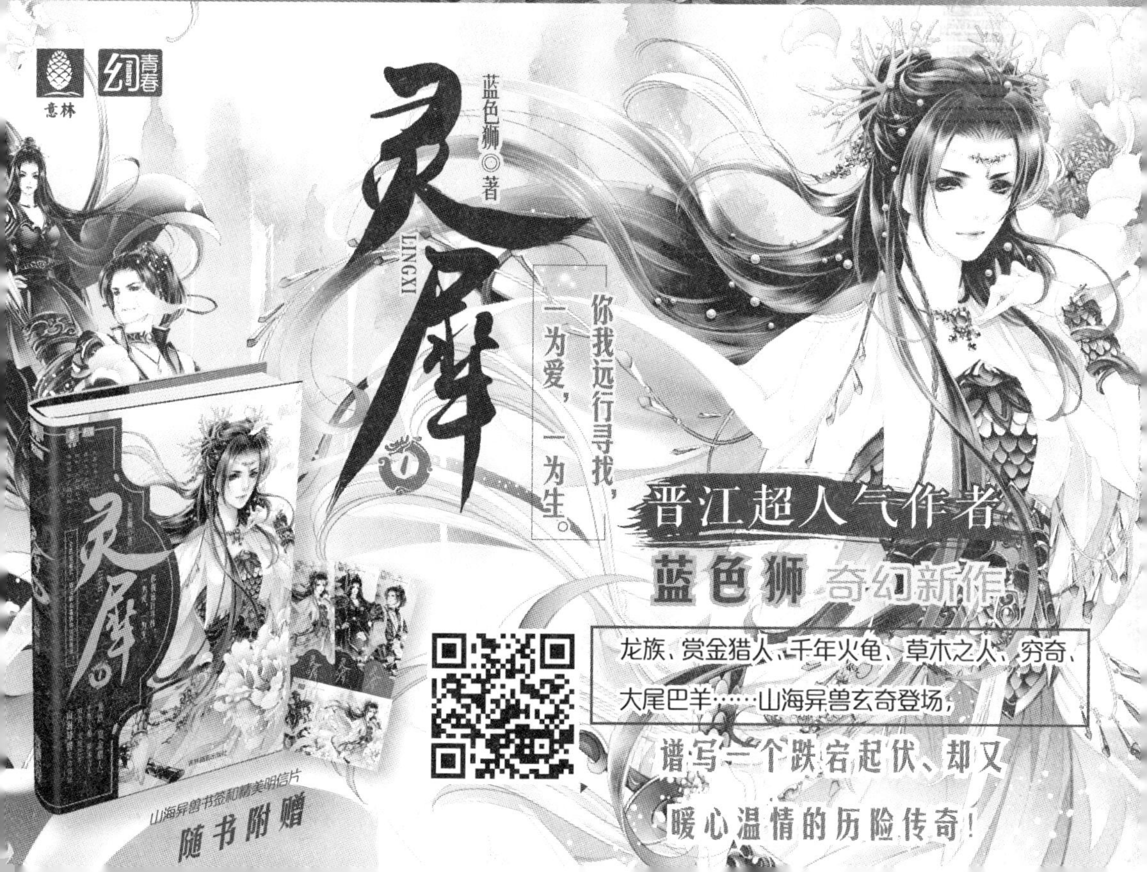
意林
幻青春
灵犀
LINGXI
蓝色狮◎著
你我远行寻找，
一为爱，一为生。
晋江超人气作者
蓝色狮 奇幻新作
龙族、赏金猎人、千年火龟、草木之人、穷奇、
大尾巴羊……山海异兽玄奇登场，
谱写一个跌宕起伏、却又
暖心温情的历险传奇！
山海异兽书签和精美明信片
随书附赠

意林精品图书推荐

《我不成仙 一 断尘绝念》
简介：不想成仙却毅然修仙，她见憨只想有朝一日对那人说："纵你成仙，亦不可逃！"
定价：28.80元

《我不成仙 二 杀红小界》
简介：血衣作战袍，刻骨为利刃。她的通天坦途，便是他的穷途末路！
定价：28.80元

《我不成仙 三 流星赶月》
简介：敏锐与直觉，无一欠缺；缜密与果决，兼而有之。力敌群雄者，舍她其谁！
定价：28.80元

《倾世萌狐1》
简介：避难避到了王爷家，竟然有去无回？冷酷王爷"情斗"憨萌灵狐，甜宠升级，深情不改！
定价：29.80元

《符神传说①斩焰少年行》
简介：接通元灵符界，交易、对战、派单……现实与虚拟之间，体味什么叫酣畅淋漓！
定价：28.80元

《符神传说②东川起风云》
简介：逆转鬼煞岭、入蛮荒探迷城，跨越空间界限，开启异度奇幻热血征程！
定价：28.80元

《符神传说③刀芒惊天下》
简介：巧进黑狱筑识海，烈焱龙雀惊天下。勇探天符浩土，领略异闻传奇！
定价：28.80元

《我的画风不太对①》
简介：当外星玩家遇到地球萌妹，爆笑爱情悬疑大戏惊喜上演！
定价：29.80元

《禁域①墓地神婴》
简介：皇者重临世间，只为触底反击，再创传奇！踏破乾坤纵横时空，禁域绝密即将揭晓！
定价：28.80元

《禁域②宗门斗者》
简介：扶桑谷内迷雾重重，时间长河、神秘女子……时空彼端，究竟有着怎样的秘密？
定价：28.80元

《风之守望者①》
简介：如何成为一个良好的被负责人？会做饭还会洗衣服就把最强黑屍负责人拿下！
定价：24.80元

《风之守望者②》
简介：拯救学长大作战，开始！学长，我们要毁灭世界吗？
定价：24.80元

《我的人生无须证明给你看》
简介：ONE·一个《读者》《意林》《花火》人气作者马叛2017年全新作品。
定价：32.80元

《那个神秘的宣愉小姐》
简介：青春、古风双料作家苏缠绵青春心理分析小说，一场治愈并守护爱情的计划……
定价：32.80元

《这一杯，我敬的是年少无知》
简介：悬疑推理小说作家何慕，出道六年，写成都市情感类短篇小说集。
定价：32.80元

《光年未至，盛夏已满》
简介：意林彩绘英文系列精选《绘英语》杂志中大受读者欢迎的内容，轻而易举让英语变强！
定价：29.80元

《我不愿让你一个人走过青春的荒芜》
简介：95后模特级作者谢宁远写给你最深情的告白书。十五篇故事，是告白，亦是陪伴。
定价：29.80元

《对方正在输入中》
简介：那些爱与被爱的故事。年少时的懵懂酸涩，成熟后的感人至深；是心头的一枚朱砂志。
定价：29.80元

《你是年少的欢喜，喜欢的少年是你》
简介：古风作家吾玉，初涉现代爱情，打造都市轻风之作。
定价：29.80元

《从此晚安我自己》
简介：95后作者何家豪青春成人礼童话，16个故事，说给长大成人的你！
定价：29.80元